★中华优秀传统价值观故事丛书★

大智大勇的故事

郭 猛 编著

吉林人民出版社

图书在版编目(CIP)数据

大智大勇的故事 / 郭猛编著 . −− 长春 : 吉林人民
出版社, 2012.5
(中华优秀传统价值观故事丛书)
ISBN 978−7−206−08852−0

Ⅰ.①大… Ⅱ.①郭… Ⅲ.①品德教育 − 中国 − 青年
读物②品德教育 − 中国 − 少年读物 Ⅳ.①D432.62

中国版本图书馆 CIP 数据核字(2012)第 075413 号

大智大勇的故事

DA ZHI DA YONG DE GUSHI

编　　著:郭　猛
责任编辑:刘　涵　　　　　　　封面设计:七　洱
吉林人民出版社出版 发行(长春市人民大街7548号　邮政编码:130022)
印　　刷:永清县晔盛亚胶印有限公司
开　　本:670mm×950mm　　　1/16
印　　张:12　　　　　　　字　　数:90千字
标准书号:ISBN 978−7−206−08852−0
版　　次:2012年7月第1版　　印　　次:2023年6月第3次印刷
定　　价:38.00元

如发现印装质量问题,影响阅读,请与出版社联系调换。

CONTENTS 目录

目录
CONTENTS

目录 CONTENTS

1. 弦高犒秦师救郑

弦高是郑国的一位行商，经常来往于各国之间做生意。他的故事记录在《左传》中。作为一个商人，他之所以名留青史，并非因为有多高的商业智慧，而重要的是他的"道义"。

弦高是郑国的一个普通商人，以贩牛为业。有一次贩了几百头肥牛，正准备赶到滑国去转手倒卖。走到一个叫黎阳津的地方，碰上一个好久不见的老朋友，名叫赛他，刚从秦国来。故友相逢，喜出望外，弦高约请赛他饮酒。

饮酒间弦高问："最近秦国有什么战事吗？"

赛他反问："你还不知道？我劝你赶快接家属逃离郑国吧。"

弦高忙追问："究竟发生什么事了？"

赛他说："秦三将各领本部人马，在郑国驻军，现愿为内应而灭掉郑国。秦穆公已任命孟明视为大将，西

乞术、白乙丙为副将，挑选精兵三千，战车三百辆，大队人马已经出发偷袭郑国了。"

弦高虽为市井小民，从事的是当时被人瞧不起的经商之业，可是却有着一般大义凛然、忠贞爱国的精神。一听赛他的话，大吃一惊，说："我父母之邦，就要遇到战乱的灾难，没听说也就算了，现在听说了而不设法救助，我个人反而逃跑，万一家族父老兄弟沦亡了，我日后有什么脸面回故乡呢？"

面对既将被强敌攻打的状况，弦高不逃跑而留下来，并非要证明自己是个不怕死的好汉，而是要为自己面临灭亡危险的国家想办法化解灾难。在这里弦高充分展示了自己的聪明智慧。他一方面派人骑快马日夜兼程去向郑穆公通报敌情，做好迎战的准备；另一方面又怕来不及而采用了缓兵之计。他打起犒劳秦军的旗号，选了十二头肥牛，又买了许多劳军礼品，来到秦军之处喊道："郑国使臣特来犒劳贵军，弦高求见主将！"

秦国大将孟明视吃了一惊，对副将西乞术说："我军偷袭郑国，郑国怎么知道我军的行动呢？这么快就派使臣来迎接我们？"西乞术说："把他杀掉算了。"而另一位副将白乙丙说："暂且看他来意如何，再杀不迟。"于是，主将孟明视与弦高相见。弦高假传郑穆公的旨意说:"我主公听说三位将军要率兵到我郑国,特遣我带来礼品,肥牛一十二头,远道赶来慰问贵军将士。我郑国周旋于大国之间,屡遭侵扰,因此,一直担心边远地区的戍守,恐怕一时松懈或有什么意想不到的事情,得罪贵国,所以,日夜警备,不敢安睡。只盼三位将军视察!"秦军主将孟明视说:"既然郑穆公遣你来犒劳我军,为什么没有国书?"弦高答道:"我主公听说部下驱驰很快,担心等言辞修好了,有失远迎之礼,便口授命令速来迎接,只是犒赏贵军将士吃些牛肉,喝些美酒,没有别的意思。"孟明视附在弦高的耳边说道:"秦穆公派我领兵到来,为的滑国的事情。"随即下令:"兵马驻扎在黎阳津!宰牛摆宴,分赏三军。"

此时孟明视认为偷袭郑国已经是不可能的了,就对部下说:"我军千里跋涉,只为了击其不意,攻其无备,可以偷袭取胜,如今郑国已知我军行动,郑国防备很长时间了,攻打他们则城池坚固难以击破,围困他们则兵少,又没有后继增援。现在滑国没有准备,不如袭取滑国,掳获财物,也可以回报我们主公了。"

就这样,一个小小的商人弦高用一个小小的计谋,加上一点小小的破费,却办成了一件大大的事:挽救了自己的国家,避免了一场战争的灾难。

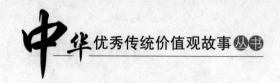

◆ 弦高，两千多年前的一个小商人，在自己的国家面临危难之际，想到的不是保全自己的性命与财产，而是采取了完全相反的举措——拿自己的性命去冒险，为了保护国家的利益而牺牲自己的财产。

2. 李离请死殉法

李离，是春秋时期晋国掌管刑狱的官员。在断案时，因错听人言，误杀了无辜。错案发生后，李离"自拘于廷，请死于君"。晋文公知道李离是个正直的好官，有意保护他，命令他"休得多言，赶快离去"。李离却高呼"臣不能以虚自妄"，当场拔剑自刎。

李离是春秋时期晋国的掌管刑罚的最高长官。李离执法如山、公正不阿，视法律比生命更重要，成为我国历史上一位了不起的人物。

李离断案，一向都是细致入微，极其认真，所以他经手的案子从无差错，可是有一天，李离在查阅过去的案卷时，竟发现了一起错杀的冤案，他感到惊骇不已，惭愧万分。他觉得自己犯下了不可饶恕的罪过，不但不配再做执法的长官，而且给国家的法律抹了黑。于是，李离让手下人将自己捆绑起来，送到晋文公那里，请求晋文公将自己处死。

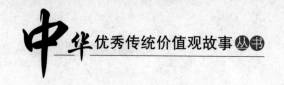

　　晋文公对李离这种严于律己的行为十分赞赏，也为他的诚心实意所感动。晋文公不但没有怪罪李离，还亲自为他解开身上的绳索。晋文公劝李离说："这件案子是下面搞错的，并不是你的罪过。再说，我们每个官员的职务有高有低，因此我们的处罚也该有轻有重。何况这件案子又不是你直接办理的，我怎么能怪罪于你呢？"

　　可是李离依然长跪不起，他坚持说："臣下的官职最高，从没把自己的权力让给下属；平时享受的俸禄也最多，也并没有把俸禄分给下属。今天我有了过错，怎么可以把责任推给下面的人呢？现在出了错案，我理当承担罪责。还是请大王将我处死吧！"

　　晋文公有些不高兴了，说："你认为下属出了问题，责任在你这个上司的身上。如果照你的逻辑去推断，那不连我也该有罪了吗？"

　　李离回答说："我是掌管刑罚的最高长官，国家法律早有规定：判错刑者服刑，杀错人者要被杀。大王信任我，将执行国家刑罚的重任交给了我，而我却没能深入调查，明断真伪，以至于造成了错杀无辜的冤案，按法律我应受到处置，因此处死我是理所当然！如果我不自觉服法，那法律的尊严还能受到别人重视吗？"

　　说完，李离猛地从卫士手里夺过宝剑，使尽力气朝自己挥去，顿时鲜血迸溅，气绝身亡。

晋文公阻拦不及，好长时间都唏嘘不已。

◆ 李离以自己的鲜血和生命捍卫法律的尊严。像李离这样舍出脑袋维护法律尊严者，在古代不过是凤毛麟角。但他严于责己、勇于负责的精神，实属难能可贵，足以传颂千古，启迪后世。

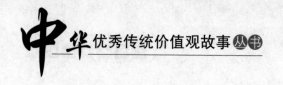

3. 程婴舍子全孤

　　程婴，春秋时晋国义士。晋卿赵盾及其子赵朔的友人。晋景公三年，大夫屠岸贾杀赵，灭其族。赵朔的食客公孙杵臼与程婴密谋，程婴抱赵氏子匿养，而故意告发公孙杵臼，令诸将杀死杵臼及冒充孩儿。后景公听韩厥言，立赵氏后，诛屠岸贾，婴则自杀以报杵臼。

　　春秋之时，晋国曾是诸侯的盟主，五霸之首。可是到了晋灵公时，他多行不义，被赵穿杀死，他的哥哥赵盾监国，赵氏权倾天下。赵盾死后，晋景公继位。景公畏惧赵氏一门，害怕自己坐不稳王位，命屠岸贾为司寇。屠岸贾乃是奸臣，他早就嫉妒赵氏一门，便以为晋灵公报仇为由，想杀赵氏满门。

　　朝中有一大夫名叫韩厥，为人十分正直，闻听此信后急忙通报赵朔，劝其快逃。赵氏本世代忠臣，赵朔不愿背负不忠之名，宁肯一死，也不出逃，只求韩厥能为赵氏保留下一条血脉。韩厥知赵朔不肯逃走，含泪答应了赵朔的请求。屠岸贾急于灭掉赵氏，也不请示景公，竟假传景公旨意，突然围住赵府，尽杀赵氏一门，只有赵朔之妻逃入王宫。由于她是景公的妹妹，屠岸贾不敢贸然入宫，只好作罢。但他知道此姬怀有赵朔的骨肉，不免担忧。

赵氏一门被灭之时，唯有赵朔的一个食客公孙杵臼逃了出来，藏到了赵朔的朋友程婴的家中。公孙杵臼质问程婴："你为什么偷生？"程婴说："朔之妇有遗腹，若幸而男，吾奉之。即女也，吾徐死耳。"这时程婴已抱定殉难的决心，但是把保全赵氏后代放在首位。二人心意相通，遂因救援赵氏后代结成生死之交。两个人本想自杀以追随赵朔于地下，可是赵朔临死时说过：若是谁能逃出去将我未见面的孩子养大，赵某感激不尽。于是，公孙杵臼与程婴商议，赵夫人若生一女，两个人便立刻自杀；若生个男孩，两个人合力抚养此子，长大后令其为父报仇。

过了不久，赵朔的妻子生一男孩，按赵朔遗言，取名"武"。屠岸贾听说赵夫人分娩了，派兵围住宫门，欲斩草除根。

程婴得知赵夫人生男的消息，不知如何入宫，最后在景公夫人的帮助下，以看病为名进入宫中。屠岸贾的

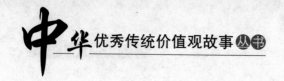

手下人不认识程婴，再加上是景公夫人请他入宫的，程婴遂用药箱装出赵武。

屠岸贾听说有人出入宫门，心中不安，立刻亲自率兵入宫，搜求婴儿。赵夫人假说婴儿生下已死，弃于湖中。屠岸贾生不见人，死不见尸，心中害怕，为了不留下祸根，他想出一条毒计：若找不到赵氏孤儿，宁肯把全国的初生儿全部杀掉。

程婴听说此事，顿觉问题严重。自己保护朋友的儿子固然是为了一个义字，可是因为这件事而连累了全国婴儿则更是不义，他茫然了。交出赵武吗？无论如何不能！宁肯自己去死也要保住他。别的孩子呢？让他们无辜去死吗？也不能！程婴找到公孙杵臼，又把赵武换到了更隐蔽的地方。

公孙杵臼也听说了屠岸贾的毒计，两个人商量来商量去，决定找一个婴儿交给屠岸贾，既保护了赵武，也不让全国的婴儿受伤害。这样一来两个人就要有一个人献身。公孙杵臼问程婴："个人一死难呢？还是扶持孤儿难？"程婴回答："个人一死容易，扶持孤儿难。"于是，公孙杵臼请程婴看在赵朔对他的深情厚谊的分上，担当起扶持孤儿的艰难事业，自己则选择先去赴死。

恰好程婴家中也有一个正在襁褓中的婴儿，程婴含泪采取了调包之计，让妻子带着赵氏孤儿朝另一个方向逃去，却和公孙杵臼一起将自己的孩子抱上，逃到了永济境内的首阳山中。屠岸贾闻之，率师来追。程婴装作无奈地从山中出来说："程婴不肖，无法保全赵氏孤儿。孩子反正也是死，屠岸将军如能付我千金，我就告诉你孩子的藏身之处。"屠岸贾答应了。程婴接过千金双手发抖，心中流血，一咬牙，领着屠岸贾及其兵士来到他与公孙杵臼约定好的地方。

程婴领路，终于找到隐匿山中的公孙杵臼和婴儿。

公孙杵臼当着众人的面，大骂程婴，骂他是卑鄙无耻的小人，见利忘义的混蛋。他一边骂一边假装乞求："杀我可以，孩子是无辜的，请留下他一条活命吧！"屠岸贾知道公孙杵臼是赵朔的门客，更加信以为真，任凭公孙杵臼如何哀求，屠岸贾心比铁石，下令手下摔死婴儿，杀死公孙杵臼。程婴眼睁睁地看着亲生儿子和好友惨死……

程婴和公孙杵臼的调包计成功，屠岸贾认为已斩草除根、赵氏最后一脉已被斩断，那些附和屠岸贾的人也很高兴，以为从此再不会有人找他们复仇。其实赵氏孤儿仍在程婴的手里，他杀死的不过是义士程婴的儿子。这事只有一个人知道，他就是大夫韩厥。

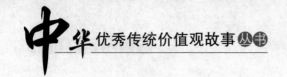

程婴背着卖友的恶名，忍辱偷生，设法把真正的赵氏孤儿带到了山里，隐姓埋名，抚养他成人。教他读书，也教他习武。当他懂事后，又把他的身世告诉他，要他记住自己的血海深仇，长大后报仇雪恨。

转眼间十五年过去了，赵武从一个婴儿长成一个威武英俊的少年，他文武双全，大有其父之风。程婴见赵武长大，心中有一种说不出的轻松愉快。

这十五年来晋国已不那么强大，屠岸贾专权误国，把晋国弄得乱七八糟，大臣们无不痛恨。国力不振，晋景公心急如焚，久而久之，竟病倒了。

一日韩厥入宫侍疾，晋景公对韩厥道："过去我晋国是五霸之首，可现在不仅失去霸主地位，而且软弱无能，这是为什么呢？"

韩厥听了摇头叹息。景公见他不说话，便一再催问，韩厥只好说："国家要想强大，必须有贤臣。我晋国以前强大，是因为有赵盾父子的服侍，如今……"

晋景公听了道："可惜赵家已被灭门，否则晋国何能如此衰败？"

韩厥听了景公的话，知道他已经醒悟，忙接口说："赵氏一门忠烈，为晋国的强大立下大功，不料被好人陷害，遭灭门之祸，希望大王能察其冤情，为赵氏一门鸣冤。"

"哎，寡人一时糊涂，听信了屠岸贾的话，如今悔之不及，不知赵氏是否还有后代留在人间？"

韩厥见晋景公有心复赵，急忙跪下，说："大王，臣有一事隐瞒了十五年。当年赵朔妻子生下一男，如今已被程婴养大。"

"什么？当年程婴不是已将这孩子交给了屠岸贾了吗？"

"回大王，程婴当年交出的不是赵氏孤儿，而是他自己的亲骨肉。"

晋景公听了大惊，道："真义士也！寡人自愧不如。程婴舍己子而保赵氏孤儿，感动天地，寡人一定要为赵氏申冤。"

于是，晋景公为了重振晋国往日的雄风，同韩厥商议，暗中请回赵氏孤儿，等待机会恢复赵氏的宗族。韩厥领命，为了保密起见，他亲自到山中请回赵氏孤儿和程婴，悄悄送入宫中。景公见了赵武大悦，次日下令，让朝中文武百官入宫视疾；文武百官奉命入宫后，韩厥立刻关闭宫门，禁止任何人出入。

晋景公见百官到齐，对大臣说："我们晋国在文公时曾是五霸之首，不知当年辅佐晋文公的大臣是谁？"

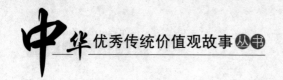

大臣们齐声说："回大王，乃赵盾之父。"

景公听了点点头，说："赵氏有功于晋，但不知其子孙何在？"

屠岸贾听了景公的话心中发毛，不等别人说话，急忙上前说："大王，十五年前赵氏一族谋反，不是大王下令、臣奉命灭门的吗？"

晋景公听了说："我记得事后百姓无不为赵氏呼冤，故不再下令追杀赵氏孤儿。可是卿假传旨意，四处追杀，不知赵氏可有后人？"

韩厥此时已经审过屠岸贾的手下，听了景公的话急忙跪下说："回大王，赵氏孤儿尚在。"晋景公急忙传宣，屠岸贾听了大惊失色。只见程婴领着一威武英俊的少年走了进来。少年跪下见驾，口称："赵武拜见大王，请大王为我赵氏申冤。"

屠岸贾听了惊得说不出话来，望着程婴连说："这……这……"

程婴说："屠岸大人，你当年杀死的不是赵氏孤儿，他才是赵氏孤儿。"说完程婴当廷揭露屠岸贾当年所犯的罪行，韩厥又公布了屠岸贾手下人的供词。晋景公大怒，立刻下诏将屠岸贾斩首，灭其一族，以祭赵氏亡灵。将赵氏原有的官爵、田宅一一赐回，让赵武承袭赵家的香火。

赵武恢复了赵氏，程婴又照顾赵武几年，直到赵武二十岁娶妻生子后，才对赵武说："当年你家惨遭灭门之祸，我身为你父的朋友，本应以一死报答你父的知遇之恩，只因你太幼小，为了能让你长大后为赵氏一门报仇。我忍辱偷生，将你养大。如今你已长大，而且大仇已报，我该到九泉下回报你父亲和公孙杵臼去了。"

赵武一向视程婴为父，听了程婴的话痛哭流涕，苦苦哀求程婴不要离开自己。程婴说："我与公孙杵臼有约在先，为了保住你他献出了生命，如今他正等着我去告诉他复赵之事。我若不去，他一定以为我没有完成当年的誓言，他的灵魂会难过不安的。"说完程婴推开赵武，高呼："公孙兄，我来了！"遂拔刀自杀了。

◆ 慷慨成仁易，从容赴义难。程婴为义而活，亦为义而死。舍子全孤，节义惊天动地，肝胆可照日月，英名流芳千古。

4.申包胥借兵复楚

申包胥，氏为申，名为包胥，又称王孙包胥。春秋时楚国大夫，原与伍子胥友善。楚平王七年（前522），伍子胥因父亲冤案逃离楚国，途遇申包胥，伍子胥道："我必覆楚。"申包胥答曰："子能覆之，我必能兴之。"楚昭王十年（前506），伍子胥破楚入郢。申包胥自请赴秦求秦哀公出兵救楚，收复了郢都。随后隐居。

春秋时，吴国军队攻破楚国都城郢郡，楚昭王出逃。吴国军队进入郢都后，大肆抢掠。楚国形势万分危急。这时，楚国大夫申包胥挺身而出，前往秦国请求救兵。"跋涉谷行，上峭山，赴深溪，游川水，犯津关，蹒蒙笼，蹶沙石，跖达膝曾茧重胝，七日七夜，至于秦庭。"

申包胥到了秦国，见到秦哀公说："现在吴国军队进犯楚国，长驱直入，攻破郢都，我君逃亡在外。吴国是贪得无厌的，占领楚国后，就与秦国为邻了，成为秦国的劲敌。如果楚国能得到大王的惠顾，得以恢复，将世代替大王效劳。"秦哀公无意出兵，只是说："寡人知道了，请你暂且住在馆驿里，我们决定了就通知你。"说完就离开了。申包胥心里想："我君逃亡在荒野，不得安宁，我怎敢休息！"于是在秦廷中靠着墙哭起来，日夜不住声，不吃也不喝，一连持续七天七夜。秦哀公被感动了，说："楚君虽然无道，却有这样忠诚的臣子，我怎么忍心不救助楚国呢？"于是再次接见申包胥，向他朗诵了《诗经》中一首诗，其中一段是："王于兴师，修我戈矛，与子同仇，与子偕作。"意思是暗示秦国将与楚国休戚与共，抗击吴军。申包胥于是叩头谢恩。

秦哀公派兵入楚，与吴军交战，吴军败退，楚国得以恢复。楚昭王论功行赏，认为申包胥忠勇可嘉，"封之以荆五千户"。申包胥推辞说："我是为了安定国家，不是为了自己荣耀。功成而受赏，这不是等于出卖勇气吗？"于是逃走，终身不再露面。

◆ 申包胥没有因为与伍子胥的友情而忘记对国家的忠诚，"子能覆之，我必能兴之"，表明了申包胥将对国家的忠诚视作"大义"，勇于肩负报效国家的使命。在"礼乐崩坏"，臣弑君、子弑父的春秋时代，各诸侯

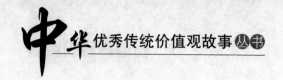

国的人为了个人恩怨或者施展抱负，纷纷游走他国，而申包胥则始终尽忠于楚国，以自己的行为诠释了"忠"的含义，为后世确立了一个执着、忘我的忠臣的典范。

5. 蔺相如完璧归赵

蔺相如，战国时赵国上卿，官至上卿，战国时期著名的政治家、外交家。根据《史记·廉颇蔺相如列传》所载，他的生平事迹，有完璧归赵、渑池之会与负荆请罪这三个事件。

战国时候，赵王得到了一块楚国原先丢失的一块名贵宝玉——"和氏璧"。这件事情让秦王知道了，他就派使者对赵王说，自己愿意用十五座城池来换"和氏璧"。

赵王看了信，心里想：秦王一向是只想占便宜、不肯吃亏的人。这一次怎么这么大方？要是不答应他的请求吧，怕秦国兴兵来进攻；要是答应吧，又怕上当。他想来想去，拿不定主意，就和大臣们商量，但大臣们也想不出什么好办法来。

蔺相如知道了这件事，便对赵王说："大王，让我带着'和氏璧'去见秦王吧。到那里我见机行事。如果

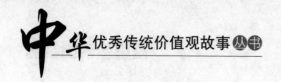

秦王不肯用十五座城池来交换，我一定把'和氏璧'完整地带回来。"赵王知道蔺相如是个既勇敢又机智的人，就同意他去了。

蔺相如到了秦国，秦王在王宫里接见了他。蔺相如双手把"和氏璧"献给秦王。秦王接过来左看右看，非常喜爱。他看完了，又传给大臣们一个一个地看，然后又交给后宫的妃子们去看。

蔺相如一个人站在旁边，等了很久，也不见秦王提起割让十五座城的事情，他便知道秦王根本没有用十五座城池换取宝玉的诚意。可是宝玉已经到了秦王手里，怎么才能拿回来呢？他想来想去，想出了一个计策。只见蔺相如走上前去，对秦王说："这块'和氏璧'虽然看着挺好，可是有一点小瑕疵，让我指给大王看。"秦王一听"和氏璧"有瑕疵，赶紧叫人把宝玉从后宫拿来交给蔺相如，让他指出来。

蔺相如拿着"和氏璧"往后退了几步，身体靠在柱子上，气冲冲地对秦王说："当初大王差人送信给赵王，说情愿拿十五座城来换赵国的'和氏璧'。赵国大臣都说，千万别相信秦国骗人的话。我可不这么想，我说老百姓还讲信义呐，何况秦国的大王哩！赵王听了我的劝告，这才派我把'和氏璧'送来。没想到方才大王把宝玉接了过去，随便交给下面的人传看，却不提起换十五座城的事情来。这样看来，大王确实没有用城换璧的诚心。现在宝玉在我的手里，如果大王硬要逼迫我，我情愿把自己的脑袋和这块宝玉一块儿撞碎在这根柱子上！"说着，蔺相如举起"和氏璧"，面对柱子，就要摔过去。

秦王本来想叫武士去抢，可是又怕蔺相如真把宝玉撞碎，连忙向蔺相如赔不是，说："大夫不要着急，我说的话怎么能不算数哩！"说着叫人把地图拿来，假惺惺地指着地图说："从这儿到那儿，一共十五座城，都划给赵国。"蔺相如心想，秦王常常会要鬼把戏，可别再上他的当！他就跟秦王说："这块'和氏璧'是天下有名的宝贝。赵王送它到秦国来的时候，斋戒了五天，还在朝廷上举行了隆重的赠送宝玉的仪式。现在大王要接受这块宝玉，也应该斋戒五天，在朝廷上举行接受宝玉的仪式，我这才能把宝玉献上。"秦王本不想这样做，但见蔺相如态度坚决，只得无奈地说："好！就这么办吧！"说完，他就派人送蔺相如到馆驿去休息。

蔺相如拿着那块宝玉到了馆驿，叫一个手下人打扮成一个买卖人的样儿，把那块宝玉包着，藏在身上，偷偷地从小道跑回到赵国去了。至于秦王会把他怎么样，他一点也没有考虑。

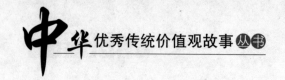

后来秦王发觉这件事，后悔已经来不及了。想发兵攻打赵国吧，赵国在军事上做了准备，恐怕打不赢。最后，秦王十分恼怒，可又见蔺相如机智勇敢，是位难得的人才，也没有为难他，便放他回到赵国去了。

◆ 蔺相如的大智大勇，是通过一组生动的故事表现出来的，其中完璧归赵集中地表现了他建立在爱国思想基础上的勇和智。

6. 孟尝君劝父散财

孟尝君，妫姓，田氏，名文，战国四公子之首。齐国宗室大臣。其父靖郭君田婴是齐威王小儿子、齐宣王的异母弟弟，曾于齐威王时担任军队要职，于齐宣王时担任宰相，封于薛（今属山东），权倾一时。田婴死后，田文继位于薛，是为孟尝君，以广招宾客、食客三千闻名，同时也权倾一时。孟尝君死后，葬于薛国东北内隅，与其父亲的墓冢东西排列。

田文的父亲叫田婴，封靖郭君。田婴，是齐威王的小儿子、齐宣王庶母所生的弟弟。田婴从威王时就任职当权。

当初，田婴有四十多个儿子，他的小妾生了个儿子叫文，田文是五月初五出生的。田婴告诉田文的母亲说："不要养活他。"可是田文的母亲还是偷偷把他养大了。等他长大后，他的母亲便通过田文的兄弟把田文引见给田婴。

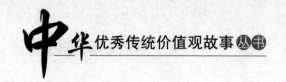

田婴见了田文愤怒地对他母亲说："我让你把这个孩子扔了，你竟敢把他养活了，这是为什么？"

田文的母亲还没回答，田文立即叩头大拜，接着反问田婴说："您不让养育五月初五生的孩子，是什么缘故？"

田婴回答说："五月初五出生的孩子，长大了身长跟门户一样高，会害父害母的。"

田文说："人的命运是由上天授予呢？还是由门户授予呢？"

田婴不知怎么回答好，便沉默不语。

田文接着说："如果是由上天授予的，您何必忧虑呢？如果是由门户授予的，那么只要加高门户就可以了，谁还能长到那么高呢？"

田婴无言以对，便斥责道："你不要说了！"

过了一些时候，田文趁空问他父亲说："儿子的儿子叫什么？"

田婴答道："叫孙子。"

田文接着问："孙子的孙子叫什么？"

田婴答道："叫玄孙。"

田文又问："玄孙的孙子叫什么？"

田婴说："我不知道了。"

田文说："您执掌大权担任齐国宰相，到如今已经历三代君王了，可是齐国的领土没有增广；您的私家积贮了万金的财富，可是门下却看不到一位贤能之士。我听说，将军的门庭必出将军，宰相的门庭必有宰相。现在您的姬妾可以糟蹋绫罗绸缎，而贤士却穿不上粗布短衣；您的男仆女奴有剩余的饭食肉羹，而贤士却连糠菜也吃不饱。现在您还一个劲地加多积贮，想留给那些连称呼都叫不上来的人，却忘记国家在诸侯中一天天失势。我私下是很奇怪的。"

从此以后，田婴改变了对田文的态度，器重他，让他主持家政，接待宾客。宾客来往不断，日益增多，田文的名声随之传播到各诸侯国中，各诸侯国都派人来请求田婴立田文为世子。田婴见田文志向远大，能力非凡，便答应下来。田婴去世后，田文果然在薛邑继承了田婴的爵位。这就是孟尝君。

◆ 从一个人的行为便可知这个人的志向。从田文劝父亲着眼将来散财养士的话语中，就能感觉到他少有远谋，见识不凡。也正因此，田文才能最终名列"战国四公子"之首，成就极富传奇色彩的一生。

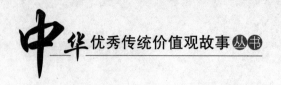

7. 信陵君窃符救赵

魏无忌，号信陵君，战国四公子之一。魏国第六个国君魏安釐王魏圉的异母弟。魏国自梁惠王魏罃时的马陵惨败后，国势衰落，江河日下，而西邻秦国经商鞅变法、张仪略地，在列国中突起，有兼并六国之势，没有一个国家敢真正抗御秦国。魏国毗邻秦国，受秦害较深。魏无忌处于魏国走向衰落之时，他效仿孟尝君田文、平原君赵胜的辅政方法，延揽食客，养士数千人，自成势力。他礼贤下士、急人之困，曾在军事上两度击败秦军，分别挽救了赵国和魏国危局。但屡遭魏安釐王猜忌而未能予以重任。公元前243年信陵君因伤于酒色而死，十八年后魏国被秦所灭。

战国时期，雄踞在西北的秦国越来越强大，不断攻打周围的国家。一次秦昭襄王派兵攻打赵国，赵国的国君无力抵抗强秦，派使者分别向楚国和魏国求援。

　　魏、楚两国接到使臣的求救信，立刻派兵救赵。魏安釐王派大将晋鄙率兵救赵，进入赵国境内。秦昭襄王接到楚、魏两国派兵救赵的消息，亲自到邯郸前线去督战，并派人前往魏、楚两国游说，阻止两国救赵。到魏国的使者对魏安釐王说："邯郸早晚是我秦国的领地，现在如果谁敢去救，等我先灭了赵国，回头便立刻攻打谁。"魏安釐王被秦昭襄王的话吓住了，急忙派人去追晋鄙，命令他就地安营，不要向秦军进攻。晋鄙接到魏王的旨令，把十万兵马驻扎在邺城，按兵不动。

　　秦军攻势凶猛，赵国的邯郸危急，赵王如坐针毡，立刻派使者到魏国兵营，催促魏军向秦军进攻。魏王想要帮助赵国，又怕得罪秦国；不出兵吧，又怕得罪赵国。魏王左右为难，只好既不进也不退。楚军见魏国的军队观望，便也按兵不动。

　　赵孝成王见两国军队按兵不动，心急如焚，只好叫平原君给魏国的公子信陵君魏无忌写求救信。

　　信陵君的夫人是赵国平原君的姐姐，而且平原君与信陵君一向交往甚密，如今赵国有难，信陵君岂能坐视不管。他接到信后接二连三地去见魏安釐王，请求他不要因惧怕秦国的淫威而不救赵国，忘记了以前

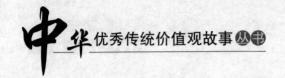

的盟约。可是魏安釐王胆小怕事，只顾眼前之安，不思长远之计，任信陵君磨破嘴皮，魏安釐王就是不答应。

信陵君垂头丧气地回到自己府中，对他的门客说："赵国有了危难，魏国理应前去帮助，可是魏王就是不答应，看来只有我自己上赵国去，就是救不了赵国，也要同他们一起赴难。"

门客们一向佩服信陵君的为人，如今见他决心孤身救赵，都要同他一起去。

信陵君有一个最好的朋友，名叫侯赢，两个人交情甚厚，临行前信陵君前去向侯赢告别。侯赢听说信陵君为了不失信于平原君，决心舍身救赵，独自前往赵国，便笑着对信陵君说："你能在朋友有危难时挺身而出，足见你品德高尚，可是就凭你们这几个人去打秦兵，就像是把一块肥肉扔到虎口里，除了白白送死外，根本达不到救赵的目的。"

信陵君听了长叹一声，说；"我也知道此行犹如以卵击石，没什么用处。可是如果我见死不救，天下人会耻笑我不义，所以我宁肯为义而死，也不能让世人耻笑。"

侯赢听了一笑，支开左右的侍人，来到信陵君面前，说："你既然知道此行是以卵击石，就该想办法既保住赵国，又不失信于平原君才是。"

信陵君听了说："我何尝不想如此，可是我几次去见魏王，魏王说什么也不听，我有什么办法？"

侯嬴低声说："信陵君，魏王的宫中有一个大王最爱的妃子如姬，是吗？"

"对。"信陵君不解地点点头。

侯嬴接着说："我听说晋鄙的兵符就藏在大王的卧室里，只有如姬才能自由出入魏王的卧室。我记得当初如姬的父亲被人害死，她让魏王给她父亲报仇，可是魏王找了三年也没找到。还是公子叫门客替如姬找到仇人，并报了仇，如姬非常感谢公子。如今公子有事，如果公子前去求如姬把兵符盗出来，她一定会答应。公子拿到兵符，夺了晋鄙的兵权，你便是十万大军的统帅，这不比空手送死强多了吗？"

信陵君听了侯嬴的话茅塞顿开，立刻回到府中，派人去找如姬。果然不出侯嬴所料，如姬听了一口答应。当晚，如姬乘魏王睡熟的时候偷出了兵符，又派自己的心腹之人将兵符送给了信陵君。

信陵君有了兵符，次日天刚微明，去向侯嬴告别。侯嬴对信陵君说："将在外，君命有所不受，公

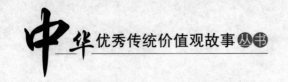

子可以放心大胆地救赵了。不过公子想过否？万一晋鄙见了兵符而不把兵权交给公子，公子怎么办？"

信陵君得到兵符后只想到好的一面，根本没想到坏处，所以听了侯嬴的话皱着眉头答不上来。侯嬴笑着说："公子不用烦恼，我已经替公子考虑好了。我的朋友朱亥是魏国有名的大力士，公子可以带他去。如果晋鄙交出兵权最好，要是他找借口不交兵权，就由朱亥来对付他。"

信陵君见侯嬴为自己考虑得如此周全，十分感谢，于是他也不推让，带着大力士朱亥和众门客到了魏军的兵营，召见晋鄙。信陵君假传魏王的旨令，让晋鄙马上交出兵权。晋鄙看了兵符，知道这是真的，可是心中却仍有疑惑，便说："这是军机大事，不可草率，我还要再奏请魏王，才能交出兵权。"晋鄙的话音刚落，只见站在信陵君身边的朱亥大喊一声："好大胆的奴才，你不听魏王的命令，难道要谋反不成？"不等晋鄙解释，朱亥从袖中拿出一只四五十斤重的大铁锤，使劲朝晋鄙头上砸去，晋鄙当场毙命。

信陵君高举手中的兵符，对将士们说："我奉大王的命令前来救赵，晋鄙不听命令已遭处置。不过此战非同儿戏，为人谁无父母兄弟、妻子儿女？我信陵君并非铁石心肠，下面我宣布一道命令：凡父子都在军中的，父亲可以回去；兄弟都在军中的，哥哥可以回去；独子没兄弟的，都回去照顾父母。其余的同我一起救赵。"

信陵君的命令激发了将士们，当下信陵君选了八万精兵，出发前往邯郸救赵。他亲自指挥将士同秦军作战，魏军的士气十分勇猛。秦国没想到魏军会突然发动进攻，事前毫无准备，手忙脚乱地抵抗了一会儿，最后终于败下阵来。

平原君在邯郸城头看见魏国的救兵来到，立刻带兵冲出来，与魏军形成前后合击之势，打得秦军狼狈逃窜。秦兵败走，还有二万余人被赵兵围困，成了俘虏。

信陵君救了邯郸，保住了赵国，赵孝成王和平原君非常感激，亲自出城迎接。从此赵、魏两国永结盟好。

在武关观望不前的楚军，听说魏军已解赵国邯郸之围，也不进城，连夜回楚国去了。

◆ 秦强赵弱，秦国意欲吞并赵国，赵国危在旦夕，求救于魏国。信陵君以唇亡齿寒的道理说服魏

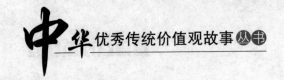

王，请求魏王救援赵国。魏王因惧怕秦国，犹豫不决。无奈之下，信陵君以国家利益为重，置生死于度外，借魏王如姬手窃得兵符，夺取兵权，完成了救赵的使命，也保卫了魏国的安全，巩固了魏国的政治地位。

8. 张良献计烧栈道

张良，字子房，汉初政治家、军事家，西汉开国元勋，"汉初三杰"之一。先祖原为韩国颍川郡贵族，其祖三代为韩丞相。本姓姬。秦灭韩后，他图谋恢复韩国，结交刺客，在古博浪沙（今属河南）狙击秦始皇未遂，逃亡至下邳（今属江苏）。秦末农民起义中，率部投奔刘邦，不久游说项梁立韩贵族成为韩王，为韩申徒。以韩申徒之职率军协助平定关中，刘邦西入武关后，在峣下用计破敌；鸿门宴上帮助刘邦脱离险境；灞上分封时"为汉王请汉中地"。后韩王成被项羽杀害，复归刘邦，为其重要谋士。楚汉战争期间，"长计谋平天下"，都为刘邦所采纳，提出不立六国后代，联合英布、彭越，重用韩信等策略，又主张追击项羽，歼灭楚军。汉朝建立，封留侯。见刘邦欲封故旧亲近、诛旧日私怨，力谏刘邦封宿怨雍齿，释疑群臣。张良的故事见《史记·留侯世家》《汉书·张良传》等。至今安徽庐江、陕西汉中、河南兰考、湖南张家界、山东省济宁市微山县等，都有张良墓，令人真假莫辨。

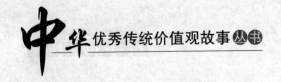

　　张良是秦末汉初的著名谋士，祖先五代相韩。秦灭韩后，他在博浪沙狙击秦始皇未中，逃亡至下邳时遇黄石公，得《太公兵法》，深明韬略，足智多谋。秦末农民战争中，聚众归刘邦，为其主要"智囊"。楚汉战争中，提出不立六国后代，联结英布、彭越，重用韩信等策略，又主张追击项羽，歼灭楚军，为刘邦完成统一大业奠定了坚实的基础，刘邦称他"运筹帷幄之中，决胜千里之外"的这一名句，也随着张良的机智谋划、文韬武略而流传百世。汉朝建立时封留侯，后功成身退，千古流芳。

　　灞上分封后，张良打算离开刘邦回韩国再事韩王成。刘邦赐金百镒，珠二斗。而张良把金珠悉数转赠给项伯，使他再为汉王请求加封。项伯见利忘义，立即前去说服项羽。这样，刘邦建都南郑（今属陕西），占据了秦岭以南巴、蜀、汉中三郡之地。

　　七月，张良送刘邦到褒中（今属陕西）。此处群山环抱，沿途都是悬崖峭壁，只有栈道凌空高架，以度行人，别无他途。张良观察地势，建议刘邦待汉军过后，全部烧毁入蜀的栈道，表示无东顾之意，以消除项羽的猜忌，同时也可防备他人的袭击。这样，就可以乘机养精蓄锐，等待时机，再展宏图了。刘邦依计而行，烧掉了沿途的栈道。张良此计，可谓用心良苦，它为刘邦的巩固发展和日后东进，取得了重要的保证。刘邦入汉中后，励精图治，积极休整。同年八月，刘邦用大将韩信之谋，避开雍王章邯的正面防御，乘机从故道"暗度陈仓"（今属陕西），从侧面出其不意地打败了雍王章邯、塞王司马欣和翟王董翳，一举平定三秦，夺取了关中宝地。略定三秦，刘邦倚据富饶、形胜的关中地区，便可以与项羽逐鹿天下了。张良"明烧"，韩信"暗度"，谋士、将军珠联璧合，成就了历史上的一段脍炙人口的佳话。

项羽闻知刘邦平定三秦，怒不可遏，决定率兵反击。张良早已料到这一点，于是寄书蒙蔽项羽，声称："汉王名不符实，欲得关中；如约既止，不敢再东进。"同时，张良还把齐王田荣谋叛之事转告项羽，说："齐国欲与赵联兵灭楚，大敌当前，灭顶之灾，不可不防。"意在将楚军注意力引向东部。项羽果然中计，竟然无意西顾，转而北击三齐诸地。张良的信从侧面加强了"明烧栈道"的效果，把项羽的注意力引向东方，从而放松了对关中的防范，为刘邦赢得了宝贵的休养生息的时

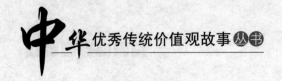

间。

　　不久，项羽于彭城杀死了韩王成，使张良相韩的幻梦彻底破灭。同年冬，张良逃出彭城，躲过楚军的追查，终于回到刘邦的身边，受封为成信侯，此后便朝夕追随汉王左右，成为划策之臣。

9. 卜式捐财助公

卜式，西汉大臣，洛阳（今属河南）人。以牧羊致富。武帝时匈奴屡犯，他上书朝廷，愿以家财之半捐公助边。帝欲授以官职，辞而不受。又以二十万钱救济家乡贫民。朝廷闻其慷慨爱施，赏以重金，召拜为中郎，布告天下。他以赏金悉助府库；身为郎，仍布衣为皇家牧羊于山中。武帝封其为缑氏令，以试其治羊之法，有政绩，赐爵关内侯。元鼎中，官至御史大夫。后因反对盐铁官营，又兼不习文章，贬为太子太傅，以寿终。

卜式是西汉洛阳人，以放羊、卖羊为业，据说羊群超过千头，是当时一个做羊生意的大商人。

这个时候，汉武帝正忙着和匈奴打仗，军费开支庞大。卜式听说国家财政发生困难，便主动上书朝廷，愿意为国家捐献出自己的半数家产。卜式的举动引起汉武帝的高度重视，可是又心存怀疑，于是派遣使者前来调查他的动机和目的。

使臣问："你想当官吗？"

卜式答："我从小牧羊，不懂官场规矩，不愿当什么官。"

使臣又问："难道你家里有什么冤屈吗？想向朝廷申辩？"

卜式答："我这个人从来就无所争。看到贫困的人我就资助他，看到不学好的人我就教育他。邻里和睦，那里有什么冤屈！"

使臣感到很奇怪，便说："果真像你说的那样吗？可是你捐钱想干什么呀？"

卜式说："朝廷正在征讨匈奴，我认为有才能的人要贡献才智，富裕的人要贡献金钱，大家都这么做，匈奴可灭也。"

使臣回到朝廷向汉武帝报告了调查到的情况。汉武帝以及他的使者，觉得卜式一定有所图、有所求，要么是想弄个一官半职，要么家里出了什么天灾人祸希望朝廷出面给解决一下。汉武帝听了汇报还是不能做出判断，于是又把这情况讲给了老丞相公孙弘。公孙弘年长，阅尽世事，什么稀奇古怪的人和事都听过、见过，可这样的事还是头一回听说。他说："卜式所为，此非人情。"意思是天下之人哪有不图利的？这个人如果不是精神有问题，就是图谋不轨，是个"不轨之臣"。所以他建议汉武帝：千万不可接受卜式的捐赠，更不能加以宣扬。汉武帝虽然非常需要钱，可还是采纳了大臣的建议。于是卜式无奈地继续做他的羊生意去了。

过了一年多，汉武帝大败匈奴，原来归匈奴管理的老百姓现在就要由汉朝来管理了，并且要优加安置，这样才能显示大汉天子的皇威。这时又碰上黄河水灾，方圆千里饥民无数、易子而食，朝廷"无以尽赡"。卜式知此灾情后，立即捐赠钱二十万给河南太守，以拯救灾民。事后，河南太守将富人捐钱济助贫民的名单呈报给朝廷。汉武帝无意中从名单里看到了卜式的名字，联想到他一年前上书输财之事，这个时候汉武帝才感到卜式的确是真正的爱国，而不是打着爱国的幌子图谋不轨。汉武帝大为感动，立即赐给卜式戍边徭役名额四百个。当时有戍边徭役名额的人不用上战场冒生命危险，所以每个名额可以按三百钱出售，四百个名额每年可得钱十二万。可是卜式在得钱后，"又尽复与官"，以供地方财政之需，或是救济穷人。

面对卜式的这些行为，让汉武帝觉得仅是给予这么一点赏赐还是过意不去，"乃召，拜卜式为中郎，赐爵

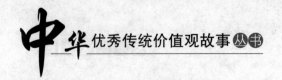

左庶长，田十四顷"，并且"布告天下，尊显以风百姓"。对于汉武帝所赐官职，卜式坚决推辞。汉武帝见他是真不愿做官，就说："我在上林苑中有一群羊，你去给我牧羊好了。"就这样，卜式给汉武帝养起了羊，当上了牧羊官。牧羊一年后，羊群不仅个个膘肥体壮，并且繁殖发展很快。汉武帝见了非常高兴，便问卜式牧羊之道。

卜式说："以时起居，恶者辄去，毋令败群。"牧羊如此，做官、治民、理国也是一样道理。汉武帝一听大吃一惊，觉得卜式绝非普通的牧羊卖羊的商人，不让他来为自己效力实在太可惜、浪费人才了。便任命他为缑氏县令。卜式到缑氏后，勤政爱民，政绩显著。于是汉武帝又让他不断升职，后来提任他为"齐王太傅"，转而又提为刘王相，协助齐王治理政事。

元鼎五年（前112）四月，匈奴攻入中原，杀汉太守，形势十分严峻。卜式此时虽然官位显赫，却仍像当年一样挺身而出，再次上书朝廷，请缨出战，愿和自己的儿子一起率领齐地官兵开赴前线，"请行死之，以尽臣节"。汉武帝下诏表彰了卜式，赐爵关内侯，黄金四十斤，田十顷，并将卜式的忠贞爱国之举"布告天下，使明知之"，提任卜式为朝廷御史大夫。

◆ 卜式无偿为国家捐献家产，是出于国家有难匹夫有责的责任感。作为一个封建时代的普通人能有这样的思想和作为，卜式已经可以流芳千古了。

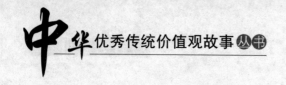

10. 李广急智退匈奴

李广，陇西成纪（今属甘肃）人，西汉名将。汉文帝十四年（前166）从军击匈奴因功为中郎。景帝时，先后任北部边域七郡太守。武帝即位，召为中央宫卫尉。元光六年（前129），任骁骑将军，领万余骑出雁门（今属山西）击匈奴，因众寡悬殊负伤被俘。匈奴兵将其置卧于两马间，李广佯死，于途中趁隙跃起，奔马返回。后任右北平郡太守。匈奴畏服，称之为飞将军，数年不敢来犯。元狩四年，漠北之战中，李广任前将军，因迷失道路未能参战，愤愧自杀。

西汉时期，北方匈奴势力逐渐强大，不断兴兵进犯中原。飞将军李广任上郡太守，抵挡匈奴南进。

一天，皇帝派到上郡的宦官带人外出打猎，遇到三个匈奴兵的袭击，宦官受伤逃回。李广大怒，亲自率领一百名骑兵前去追击。一直追了几十里地终于追上，杀了两名，活捉一名。正准备回营时，忽然发现有数千名匈奴骑兵也向这里开来。匈奴队伍也发现了李广，但看见李广只有百名骑兵，以为是为大部队诱敌的前锋，不敢贸然攻击，急忙上山摆开阵势，观察动静。

李广的骑兵非常恐慌，说："敌人多而且离得近，如果有紧急情况，怎么办？"李广沉着地稳住队伍："我们只有百余骑，离我们的大营有几十里远。如果我们逃跑，匈奴肯定会追杀我们。如果我们按兵不动，敌人肯定会疑心我们有大部队行动，他们绝不敢轻易进攻的。现在，我们继续前进。"到了离敌阵仅二里地光景的地方，李广下令："全体下马休息。"李广的士兵卸下马鞍，悠闲地躺在草地上休息，看着战马在一旁津津有味地吃草。

匈奴人感到十分奇怪，这时一名骑白马的匈奴将领出阵来查看汉军。李广立即上马，带十几个骑兵冲杀过去，一箭射死了那个白马将，然后重回到他的队里，卸下了马鞍继续休息。他命士兵都放开马匹，睡卧地上。匈奴人见此情形，更加恐慌，料定李广胸有成竹，附近定有伏兵。这时天色已晚，匈奴兵始终觉得他们可疑，不敢前来攻击。半夜时分，匈奴人以为汉军在附近藏有伏兵想乘夜袭击他们，便慌慌张张地

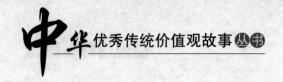

引兵而去。

　　第二天一早，李广的百余骑安全返回大营。

　　◆ 李广急智，临危不乱，全身而退。

11. 霍去病克敌服远

霍去病，河东郡平阳县（今属山西）人。西汉杰出军事家，名将卫青的外甥，任大司马骠骑将军。好骑射，擅于长途奔袭。霍去病多次率军与匈奴交战，在他的带领下，匈奴被汉军杀得节节败退，霍去病也留下了"封狼居胥"的佳话。

元朔六年（前123），17岁的霍去病被汉武帝任命为骠姚校尉，随卫青击匈奴于漠南，率八百骑兵歼敌两千，俘获匈奴的相国和当户，并杀死与匈奴单于祖父一个辈分的若侯产和季父，勇冠三军，受封"冠军侯"。

元狩二年（前121）的春天，霍去病被任命为骠骑将军，独自率领精兵一万出征匈奴。这就是河西大战。19岁的统帅霍去病不负众望，在千里大漠中闪电奔袭，打了一场漂亮的大迂回战。六天中他转战匈奴五部落，一路猛进，并在皋兰山与匈奴卢侯王、折兰王打了一场硬碰硬的生死战。在此战中，霍去病率军斩敌九千，匈

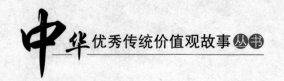
奴休屠祭天金人也成了汉军的战利品，一万汉军精兵仅余三千人。匈奴更是损失惨重，卢侯王和折兰王战死，浑邪王子及相国、都尉被俘。在这一场血与火的对战之后，汉王朝中再也没有人质疑少年霍去病的统军能力，他成为汉军中的一代军人楷模、尚武精神的化身。

同年夏天，汉武帝决定乘胜追击，展开收复河西之战。霍去病再次孤军深入而大胜。在祁连山，霍去病所部斩敌三万余人，俘虏匈奴王爷5人以及匈奴大小阏氏、匈奴王子59人、相国将军当户都尉共计63人。

经此一役，匈奴不得不退到焉支山北，汉王朝收复了河西平原。曾经在汉王朝头上为所欲为、使汉朝人家破人亡无数的匈奴终于也唱出了哀歌："亡我祁连山，使我六畜不蕃息；失我焉支山，使我妇女无颜色。"从此，汉军军威大振，而19岁的霍去病更成了令匈奴人闻风丧胆的战神。

真正使霍去病有如天神的事情是"河西受降"，发生的时间在秋天。两场河西大战后，匈奴单于想狠狠地处理一再败阵的浑邪王，消息走漏后浑邪王和休屠王便想要投降汉朝。汉武帝不知匈奴二王投降的真假，遂派霍去病前往黄河边受降。当霍去病率部渡过黄河的时候，果然匈奴投降部队中发生了哗变。霍去病当机立断，只带着数名亲兵亲自冲进了匈奴营中，直面浑邪王，命令他诛杀哗变士卒。敢于孤身犯险、不惧生死，霍去病的气势不但镇住了浑邪王，同时也镇住了匈奴四万兵卒、八千乱兵。汉王朝的版图上，从此多了武威、张掖、酒泉、敦煌四郡。河西走廊正式并入汉王朝。这是中国历史上第一次面对外虏的受降，不但为饱受匈奴侵扰之苦百年的汉朝人扬眉吐气，更从此使汉朝人有了身为强者的信心。

元狩四年（前119），为了彻底消灭匈奴主力，汉武帝发起了规模空前的"漠北大战"。这时的霍去病，已经毫无争议地成了汉军的王牌。汉武帝对霍去病的能力无比信任，在这场战争的事前策划中，原本安排了霍去病打单于，结果由于情报错误，这个对决转给了卫青，霍去病没能遇上他最渴望的对手，而是碰上了左贤王部。但是，这场大战完全可以算是霍去病的巅峰之作。在深入漠北寻找匈奴主力的过程中，霍去病率部奔袭两千多里，以一万五千士卒的损失数量，歼敌七万多人，俘虏匈奴王爷3人，以及将军相国当户都尉83人。大约是渴望碰上匈奴单于，"独孤求败"的霍去病一路追杀，来到了狼居胥山一带。就在这里，霍去病暂作停顿，率大军进行了祭天地的典礼——祭天封礼于狼居胥山举

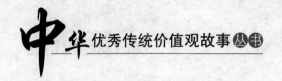
行，祭地禅礼于姑衍山举行。这是一个仪式，也是一种决心。封狼居胥之后，霍去病继续率军深入追击匈奴，一直打到翰海方才回兵。从长安出发，一直奔袭至贝加尔湖，在一个几乎完全陌生的环境里沿路大胜，这是怎样的成就！

经此一役，"匈奴远遁，漠南无王庭"。这一年，霍去病年仅22岁。

元狩六年（前117），24岁的骠骑将军霍去病去世。谥封景桓侯。取义"并武与广地"，彰显其克敌服远、英勇作战、扩充疆土之意。

◆ 霍去病生为奴子，长于绮罗，却从来不曾沉溺于富贵豪华。国家安危、建功立业，时刻在他心里。"匈奴未灭，何以家为？"这震撼人心的八个字，刻在历朝历代保家卫国将士们的心里。

12. 强项令不畏权贵

董宣，字少平，陈留圉（今属河南）人。东汉初任
北海相、江夏太守、洛阳令等职。在职不畏强暴，惩治
豪族。豪族贵戚莫不畏之，号为"卧虎"。

光武帝时，京都洛阳是全国最难治理的地方。聚居
在城内的皇亲国戚、功臣显贵常常纵容自家的子弟和奴
仆横行街市，无恶不作。朝廷接连换了几任洛阳令，还
是控制不住局面。最后，光武帝刘秀百般无奈，决定任
命年已69岁的董宣做洛阳令。董宣到任后，遇到的第一
件棘手的难题，就是处理湖阳公主的家奴行凶杀人的案
件。

湖阳公主是光武帝刘秀的姐姐。这位公主仗着自己
和皇帝的姐弟关系，豢养着一帮凶狠的家奴，在京城里
作威作福，为非作歹，横行无忌。

有一天，公主的家奴在街上杀了人，董宣立即下令
逮捕他。可是，这个恶奴躲进湖阳公主的府第里不出

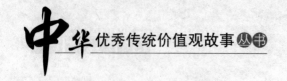

　　来，地方官不能到这个禁地去搜捕，急得董宣寝食不安。没有别的好办法，董宣就派人监视湖阳公主的住宅，下令只要那个杀人犯一出来，就设法抓住他。

　　过了几天，湖阳公主以为新来的洛阳令只不过是故作姿态，虚张声势而已。于是有一天，湖阳公主带着这个杀人恶奴出行，在大街上被董宣派出去的人发现。派出去的小吏立即回来向董宣报告说，那个杀人犯陪乘公主的车马队伍走，无法下手。董宣一听，立即带人赶到城内的夏门亭，拦住了公主的车马。湖阳公主坐在车上，看到这个拦路的白胡子老头如此无礼，便傲慢地问道："你是什么人？敢带人拦住我的车驾？"

　　董宣上前施礼，说："我是洛阳令董宣，请公主交出杀人犯！"

　　那个恶奴在马队里看到形势不妙，就赶紧爬进公主的车子里，躲在公主的身后。湖阳公主一听董宣向她要人，仰起脸，满不在乎地说："你有几个脑袋，敢拦住我的车马抓人？你的胆子也太大了吧？"

　　可是，她万万没有料到，眼前这位小小的洛阳令竟然怒气冲天，双目圆睁，猛地从腰中拔出利剑向地下一划，厉声责问她，身为皇亲为什么不守国法？湖阳公主一下子被这凛然的气势镇住了，目瞪口呆，不知所措。

这时，董宣又义正词严地说："王子犯了法，也得与老百姓一样治罪，何况是你的一个家奴呢？我身为洛阳令，就要为洛阳的众百姓作主，决不允许任何罪犯逍遥法外！"董宣一声喝令，洛阳府的吏卒一拥而上，把那个作恶多端、杀害无辜的凶犯从公主车上拖了下来，就地砍了脑袋。

湖阳公主感到自己蒙受了奇耻大辱，气得脸色发紫，浑身打战。丢了个奴仆，她倒并不十分痛心，可是在这洛阳城的大街上丢了这么大的面子，怎么能咽下这口气！她顾不得和董宣争执，掉转车头，便直奔皇宫而去。

湖阳公主一见到刘秀，又是哭，又是闹，非让刘秀杀了董宣替她出这口恶气不可。光武帝听了姐姐的一番哭诉，不禁怒形于色。他感到董宣如此蔑视公主，这不等于也没把他这个皇帝放在眼里嘛！想到这里，便喝道："快把那个董宣捉来，我要当着公主的面把他乱棍打死！"

董宣被捉来带上殿后，对光武帝叩头说："请允许我先说一句话，然后再处死我吧！"光武帝十分恼怒，便说："你死到临头了，还有什么话说！"

董宣这时声泪俱下，却又十分严肃地说："托陛下

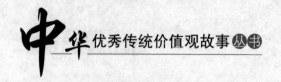

的圣明，才使汉室再次出现中兴的喜人局面。没想到今
天却听任皇亲的家奴滥杀无辜，残害百姓！有人想使汉
室江山长治久安，严肃法纪，抑制豪强，却要落得个乱
棍打死的下场。我真不明白，你口口声声说要用文教和
法律来治理国家，现在陛下的亲族在京城纵奴杀人，陛
下不加管教，反而将按律执法的臣下置于死地，这国家
的法律还有何用？陛下的江山还用什么办法治理？要我
死容易，用不着棍棒捶打，我自寻一死就是了。"说着，
便一头向旁边的殿柱上撞去，碰得满头满脸都是血。

　　光武帝不是个糊涂的君主，董宣那一番理直气壮的
忠言，以及刚直不阿、严格执法的行动，深深地打动了
他的心。他又惊又悔，赶紧令卫士把董宣扶住，给他包
扎好伤口，然后说："念你为国家着想，朕就不再治你
的罪了。不过，你总得给公主一点面子，给她磕个头，
赔个不是呀！"董宣理直气壮地说："我没有错，也无礼
可赔！因此，这个头不能磕！"

　　光武帝只好向两个小太监使了个眼色，示意他们把
董宣搀扶到公主面前磕头谢罪。

　　两个小太监照办。这时，年近七十的董宣用两只胳
膊支撑着地，硬着脖子，怎么也不肯磕头认罪。两个小
黄门使劲往下按他的脖子，却怎么也按不动。

　　湖阳公主自知理亏，却仍耿耿于怀，不出这口气心里憋得慌，便又冷笑着问光武帝说："嘿嘿！文叔（光武帝的字）当老百姓的时候，常常在家里窝藏逃亡的罪犯，根本不把官府放在眼里。现在当了皇帝，怎么反而连个小小的洛阳令也不敢驾驭了呢？我真替你脸红！"

　　光武帝回答得也真妙。他笑着说："正因为我当了一国之君，才应该律己从严，严格执法，而不能像过去做平民时那样办事了。你说对不对呀？"

　　光武帝转过脸又对董宣说："你这个强项令，脖子可真够硬的，还不快点退下去！"

　　光武帝从心眼里喜欢董宣那股子执法如山、宁折不弯的虎气、牛劲儿。为了对他嘉奖和鼓励，他专门派人给董宣送去了三十万赏钱。董宣把这一笔赏金全部分给了他手下的官吏和衙役。从此，"强项令""卧虎令"的威名传遍了全国，整个洛阳城的豪强、皇亲，没有一个不怕他的。经过治理，洛阳的社会秩序得到好转。

　　◆　"强项令"三个字，是皇帝给洛阳令董宣的，十分形象地突出董宣不畏权势、敢于执法的刚毅性格。如闻其声，如见其人。董宣只是个地方官，面对皇帝的

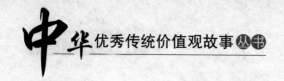

姐姐湖阳公主，没有超人的智慧和勇气，是无法刹住社会的歪风邪气的。

13. 祖逖中流击楫

祖逖，字士稚，范阳遒县（今河北涞水）人。东晋初期著名的北伐将领。著名的"闻鸡起舞"就是他和刘琨的故事。曾一度收复黄河以南大片土地，后因朝廷内乱，在他死后北伐功败垂成。祖逖亦是一位极受人民爱戴的将领，他死后，所辖的豫州百姓好像父母离世那样悲伤。

晋建兴元年（313）农历四月，晋愍帝即位，以司马睿为左丞相，让他率兵二十万直攻洛阳。六月复遣使催促。当时，司马睿致力于开拓江南地区，根本顾不上北伐。

祖逖出身于北方大族，本可以在偏安一隅的小朝廷里安享尊荣，步步高升，但是他不愿苟且偷安，不贪恋安定舒适的生活。在南北门阀士族热衷于新政权的权力再分配的时候，在他们热衷于求田问舍，进行新的兼并的时候，祖逖义正词严地提出收复半壁河山，拯救中原

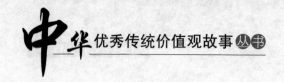

同胞于水火的强烈要求。祖逖向司马睿进言："晋室之乱，非上无道而下怨叛也。由藩王争权，自相诛灭，遂使戎狄乘隙，毒流中原。今遗黎既被残酷，人有奋击之志。大王诚能发威命将，使若逖等为之统主，则郡国豪杰必因风向赴，沈弱之士欣于来苏，庶几国耻可雪，愿大王图之。"

祖逖的要求，代表了人民的愿望，但无异于给司马睿出了一个难题。司马睿自移镇建邺，一心在拼凑江南小朝廷，他和拥戴他的门阀士族都无意北伐。从司马睿来说，虽然国土沦丧，他仍不失为偏安之主；如果北伐成功，这皇帝的宝座还不知究竟属谁呢？但面对祖逖大义凛然的请求，他又不愿落下阻止北伐的恶名，于是，便消极对待此事。为了敷衍天下人耳目，司马睿乃任命祖逖为奋威将军、豫州刺史、前锋都督，出师北伐，只拨给他一千人的粮饷，三千匹布，不给铠甲兵器，也不给一兵一卒，让他自募士众，自制刀枪。

祖逖眼见西晋一片混乱，决心要振兴晋朝。在司马睿迁都建康的时候，祖逖在北府京口召集了一批壮士，日夜操练，准备北上抗敌。他礼遇甚至纵容那些暴桀勇武的门客，望日后北伐时他们能做出贡献。战备在紧锣密鼓地进行。一切准备停当后，祖逖带领随他南下的部曲百余家、千余人，渡江北上。他们的战船驶离南岸，来到波涛滚滚的大江中流，将士回望南土，心中像浪花一般翻腾。祖逖神情庄重地站立船头，手敲船桨，向众人发誓说："祖逖此去，若不能平定中原，驱逐敌寇，则如这滔滔江水，一去不返！"意思是若不能平定中原，收复失地，决不重回江东！

祖逖"辞色壮烈"，部属为之慨叹。铮铮誓言极大地鼓舞了船上的勇士，他们紧握刀枪，纷纷表示要同仇敌忾，杀敌报国。

"中流击楫"宣誓、率军渡江之后，祖逖一面冶铸兵器。一面招募流散，厉兵秣马，准备北伐。东晋百姓闻讯，接踵而至，很快组成了一支强大的军队。祖逖知人善任，果敢勇武，爱护士卒，体贴部下，士卒们都愿为他出生入死、舍命战斗，因此所向披靡，一连打了几个胜仗，收复了不少城池。他治军有方，赏罚严明；对战死者，收尸埋骨，亲自祭奠；对投降的敌军将士宽厚相待，反戈有赏；所到之处，秋毫无犯。他的这些做法得到军民的广泛拥护，每当他们胜利归来，百姓们总是自发地送来猪羊、美酒，犒赏三军。江北一带有人编出民谣颂扬他的功德："幸哉遗黎免俘虏，三辰既朗遇慈父。玄酒忘劳甘瓠脯，何以

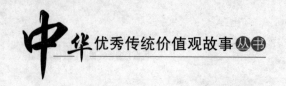

咏恩歌且舞。"祖逖战功卓著，被晋元帝封为镇西将军

晋建兴四年（316）十一月，晋愍帝被汉国俘虏，西晋灭亡。司马睿被迫移檄四方，约期北征，祖逖欣然应命。

◆《晋书·祖逖传》评价祖逖，"闻鸡暗舞，思中原之燎火""世乱识忠良""临危效忠，枕戈长息""扣楫中流，誓清凶孽"，赞扬了祖逖的爱国主义精神。

14. 谢安舞跃折屐齿

谢安，字安石，东晋名士、宰相。浙江绍兴人，祖籍陈郡阳夏（今河南太康）。少以清谈知名，初次做官仅月余便辞职，之后隐居在会稽郡山阴县（今属浙江）东山的别墅里，常与王羲之、孙绰等游山玩水，并且承担着教育谢家子弟的重任。四十余岁时，谢氏家族朝中人物尽数逝去，乃东山再起，后官至宰相。成功挫败桓温篡位；淝水之战，以八万兵力打败了号称百万的前秦军队，致使前秦一蹶不振，为东晋赢得几十年的安静和平。后功名太盛为皇帝所忌，往广陵避祸，病死。

383年8月，苻坚亲率步兵六十万、骑兵二十七万、羽林郎（禁卫军）三万，共九十万大军从长安南下，同时，苻坚又命梓潼太守裴元略率水师七万从巴蜀顺流东下，向建康进军。近百万行军队伍"前后千里，旗鼓相望。东西万里，水陆齐进"。苻坚骄狂地宣称："以吾之

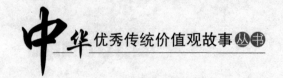

众旅，投鞭于江，足断其流。"

强敌压境，东晋王朝面临生死存亡，以丞相谢安为首的主战派决意奋起抵御。经谢安举荐，晋帝任命谢安之弟谢石为征讨大都督，谢安之侄谢玄为先锋，率领有较强战斗力的"北府兵"（在北方的流亡移民当中选拔精壮者，加以严格训练培育出的一支军队，为东晋时期战力最强的主力军）八万沿淮河西上，迎击秦军主力。派胡彬率领水军五千增援战略要地寿阳（今属安徽）。又任命桓冲为江州刺史，率十万晋军控制长江中游，阻止秦巴蜀军顺江东下。

10月18日，苻坚之弟苻融率秦前锋部队攻占了寿阳，俘虏晋军守将徐元喜。与此同时，秦军慕容垂部攻占了郧城（今属湖北）。奉命率水军驰援寿阳的胡彬在半路上得知寿阳已被苻融攻破，便退守硖石（今属安徽），等待与谢石、谢玄的大军会合。苻融又率军攻打硖石。苻融部将梁成率兵进攻洛涧（今属安徽），截断淮河交通，阻断了胡彬的退路。胡彬困守硖石，粮草用尽，难以支撑，写信向谢石告急，但送信的晋兵被秦兵捉住，此信落在苻融手里。苻融立刻向苻坚报告了晋军兵少、粮草缺乏的情况，建议迅速起兵，以防晋军逃遁。苻坚得报，把大军留在项城，亲率骑兵疾趋寿阳。

　　苻坚一到寿阳，立即派原东晋襄阳守将朱序到晋军大营去劝降。朱序到晋营后，不但没有劝降，反而向谢石提供了秦军的情况。他说："秦军虽有百万之众，但还在进军途中。如果等秦军兵力集中起来，晋军将难以抵御。现在情况不同，应趁秦军没能全部抵达的时机，迅速发动进攻，只要能击败其前锋部队，挫其锐气，就能击破秦百万大军。"谢石起初认为秦军兵强大，打算坚守不战，待敌疲惫再伺机反攻，听了朱序的话后，认为很有道理，便改变了作战方针，决定转守为攻，主动出击。

　　11月，谢玄派遣勇将刘牢之率精兵奔袭洛涧，揭开了淝水大战的序幕。秦将梁成率部在洛涧边上列阵迎击。刘牢之分兵一部迂回到秦军阵后，断其归路；自己率兵强渡洛水，猛攻秦军。秦军惊慌失措，勉强抵挡一阵，就土崩瓦解，主将梁成和其弟梁云战死，官兵争先恐后渡过淮河逃命。洛涧大捷，极大鼓舞了晋军的士气。

　　由于秦军紧逼淝水西岸布阵，晋军无法渡河，只能隔岸对峙。谢玄就派使者去见苻融，用激将法对他说："君悬军深入，而置阵逼水，此乃持久之计，非欲速战者也。若移阵少却，使晋兵得渡，一决胜负，不

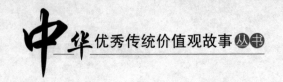

亦善乎?"秦军诸将都表示反对,但苻坚认为可以将计就计,让军队稍向后退,待晋军半渡过河时,再以骑兵冲杀,这样就可以取得胜利。苻融对苻坚的计划也表示赞同,于是就答应了谢玄的要求,指挥秦军后撤。但秦兵士气低落,结果一后撤就失去控制,阵势大乱。谢玄率领八千多骑兵,趁势抢渡淝水,向秦军猛攻。朱序则在秦军阵后大叫:"秦兵败矣!秦兵败矣!"秦兵信以为真,于是转身竞相奔逃。苻融眼见大事不妙,急忙骑马前去阻止,以图稳住阵脚,不料战马被乱兵冲倒,被晋军追兵杀死。失去主将的秦兵越发混乱,彻底崩溃。前锋的溃败,引起后续部队的惊恐,也随之溃逃,形成连锁反应,兵败如山倒,向北败退。秦军溃兵沿途不敢停留,听到风声鹤唳,都以为是晋军追来。晋军乘胜追击,一直到达寿阳附近的青冈。秦兵人马相踏而死的,满山遍野,充塞大河。苻坚本人也中箭负伤,逃回至洛阳时人马仅剩十余万。

晋军收复寿阳,谢石和谢玄派飞马往建康报捷。当时谢安正跟客人在家下棋。他看完了谢石送来的捷报,不露声色,随手把捷报放在旁边,照样下棋。客人知道是前方送来的战报,忍不住问谢安:"战况怎样?"谢安慢吞吞地说："小儿辈已破贼！"客人听了，高兴极了，想赶快把这个好消息告诉别人，就告别走了。谢安送走客人，急回到内宅，这时的兴奋心情再也按捺不住，舞跃入室，跨过门槛的时候，踉踉跄跄地把脚上的木屐的齿也碰断了。这是著名的典故"折屐齿"的来历。

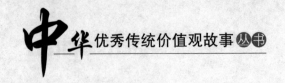

15. 冼夫人便装平叛

冼夫人，原名冼英，广东高凉（广东高州）人，后嫁于当时的高凉太守冯宝。善于结识英雄豪杰。550年，在参与平定侯景叛乱中结识后来的陈朝先主陈霸先，并认定他是平定乱世之人。551年，冼太夫人协助陈霸先擒杀李迁仕。梁朝论平叛功，册封冼太夫人为"保护侯夫人"。557年，陈霸先称帝，陈朝立。陈永定二年（558），冯宝卒，岭南大乱，冼夫人平定乱局，被册封为"石龙郡太夫人"。隋朝建立，岭南数郡共举冼太夫人为主，尊为"圣母"。后冼夫人率领岭南民众归附隋朝，加封谯国夫人，去世后追谥"诚敬夫人"。

冼英出生于广东高凉郡山兜丁村一个世代为南越首领的家庭。她的一生，平叛乱、诛反贼，一生致力于维护民族团结和祖国统一大业。直到晚年，仍以八十之高龄，巡视广州、高凉、儋耳等十余州，惩治贪官，发展生产，保境安民，先后为三朝朝廷册封。602

年于海南巡视途中辞世，按其家乡风俗葬于故里的山兜之原。逝世后，又被谥封为"诚敬夫人""慈佑太夫人"。粤西及海南一带则尊称为"岭南圣母"。

梁武帝太清二年八月，侯景在寿阳反叛。羊侃献计：在采石矶坚拒叛军渡江，另以一支精锐的部队袭取寿阳，使侯景进既不能，退又失去了巢穴。这样，乌合之众自然瓦解。可惜朝廷不用羊侃的计谋，却以与侯景有勾结的临贺王萧正德为平北将军都督京师诸军事。萧正德表面忙于备战，暗地里却以大船数十艘资敌，于是侯景顺利渡江，把梁武帝围在小小的台城。

这时广州都督萧勃征兵火速赴援，高州刺史李迁仕久蓄异志，伪称有病，迟迟不肯应命，并派人急召高凉太守冯宝。冯宝的妻子冼夫人考虑，刺史托病而拒都督之命，却积极整屯兵马，显然有谋叛之意。因而她对丈夫说："今刺史突然召你前往，必然是逼你同反。君若前往，不啻是羊入虎口。不妨稍加等待，以观其变。"

没有几天，李迁仕果然反叛，并派遣杜平虏率兵径往湖石，以便与侯景呼应。冼夫人自忖：杜平虏尽率精兵出城，留下李迁仕守着一座空城，自然无所作为。于是她与丈夫冯宝计议，卑辞厚礼，徒步担物，明为轮

将，暗乃突袭，一举攻下李迁仕的老巢。

这个计划得到了冯宝的赞同，由冼夫人执行。李迁仕远远地望见千余人众背扛肩挑而来，果然中计，以为是轮送军需品的队伍，丝毫不加防范，立即命人拔栅开城。冼夫人率众涌入，迅即从箩筐背囊中拿出刀剑，像秋风扫落叶般一下子占领了高州城，进而与长城侯陈霸先在湖石会师，击溃了杜平虏的叛军。

冼夫人不仅有"力拔山兮气盖世"的楚霸王之勇，更有神机妙算的诸葛孔明之智。作为南越部落首领，能自立山头却坚持不割据称雄。她一生经历大小战役无数，运筹帷幄之中却似庖丁解牛一样避实就虚，迎刃而解。每次临战，对方无不闻风丧胆。她将古代兵法活用于战争实践之中，在战孙冏、斩李迁仕、平侯景、灭欧阳纥、破徐璒、败王仲宣等战役中，都以其卓越的远见，智勇双全的胆识，非凡的谋略，果毅的决策，高超的指挥艺术，取得了一系列辉煌胜利。她善于分析复杂形势，权衡利弊，作出深谋远虑的决策，从而使自己立于不败之地。在动荡的社会中作出了连许多男子汉也不可能做到的事情。她的武功与文治相互辉映，使其成为中国巾帼英雄中的第一人。

◆ 冼夫人生逢时局混乱之时，身为拥有十万之众的南越部落首领，有能力自立山头却坚持不割据称雄。她以其卓越的远见、智勇双全的胆识，效力三朝，剪除地方割据势力，维护了岭南的安定。

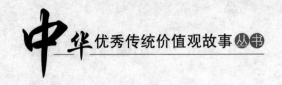
16. 平阳公主举义旗

平阳公主，唐高祖李渊和窦皇后的女儿。李渊从太原起兵后，平阳公主率领娘子军东征西讨，威震天下。她的丈夫柴绍，也是大唐的开国功臣。武德六年，平阳公主去世，唐高祖以功臣礼将其下葬。

唐开国皇帝李渊不仅有一位开创贞观盛世的好儿子李世民，还有一个叱咤风云的女儿平阳公主。隋末天下大乱之际，平阳公主招募乡勇，建立了一支名扬天下的娘子军，举起讨隋的义旗。

隋朝末年，隋炀帝无道，惹得天怒人怨，为救天下苍生，群雄逐鹿，烽烟四起。大业十三年（617）五月，李渊决定起兵。李渊的地盘太原在遥远的山西，远离都城长安和东都洛阳。手下兵力也不足，不过万把人，而且天天要面对突厥的进攻。最要命的是，他的家眷全都在长安，身边只有一个次子李世民跟着。他领兵离开自己的防地时，对外宣称是为了到江都去接应被困在那里的隋炀帝，可是他的行军方向却直指首都长安。这种"掩耳盗铃"的方式当然瞒不过长安的隋朝官员，长安方面立即下令拘捕李渊的家人。逮捕名单中就有平阳公主和她的丈夫柴绍。柴绍是长安太子府千牛备，相当于太子的警卫。

形势危急，平阳公主和柴绍商议后决定分头行动，柴绍直奔太原，平阳公主则女扮男装，动身回到鄠县（今属陕西）的李氏庄园。这一年天下大旱，关中地区半年无雨，土地干裂，颗粒无收。她见一路上饿殍遍野，一片凄凉，心中十分难过。到达庄园后，她自称李公子，命令家人打开粮仓，赈济周围的饥民。平阳公主是一个有心计的人，她要助父兄一臂之力，同时她知道父兄起义后，长安必然首先到此报复，与其等死，莫如早做防备，干脆将产业变卖后用作军资。李、柴两家在这一带向来就有善名，消息一传开，饥民纷纷来投。平阳公主将青壮年留下，年长者赈济口粮，这样很快就招募了一支几百人的队伍。不久，李渊在太原起兵的消息传到关中，平阳公主立刻举起反隋的旗号响应。她率领的这支军队，因主帅是个"娘子"，所以被人称为"娘子军"。

鄠县的反隋武装，除平阳公主的"娘子军"外还有

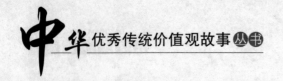

五支队伍。平阳公主为了能站住脚，更为了壮大自己的队伍，她先后联络这五支队伍，尽量做到行动一致。平阳公主派家童马三宝前去游说何潘仁归降。不知道马三宝使了什么手段，势力远远超过平阳公主的何潘仁居然甘愿做平阳公主的手下。经过反复联络，平阳公主在收编何潘仁后，又连续收编了李仲文、向善志、丘师利等义军，势力大增。九月，平阳公主和史万宝合力攻下鄠县县城，而后沿着渭水向西挺进，又先后攻下了户县、武功、始平等县。

　　平阳公主收编的这五支义军，原来都是杀人不眨眼的强盗。如果没有几分真本事，就是男人也镇不住他们，何况其兵源原本不相统属。能够在短时间内将收编的这些乌合之众变为一支百战百胜的劲旅，足见平阳公主的组织能力和指挥能力实在是出类拔萃。平阳公主令出必行，治军有方，军纪严明，整支军队都对她肃然起敬。在那乱兵蜂起的年月里，这支由女人做主帅的义军，无论是行军还是打仗，对百姓秋毫无犯，得到了广泛的拥护，受到百姓的欢迎。老百姓将平阳公主称为"李娘子"，将她的军队称为"娘子军"。娘子军威名远扬，很多人都千里投奔而来。

　　李渊听说女儿起兵响应，立刻派柴绍与公主汇合。

平阳公主见到柴绍，听说哥哥李世民为了牵制敌人只带几百人的队伍在渭北活动，于是亲自挑选了精兵一万多人，渡过渭水增援。娘子军的参加，使李世民如虎添翼，他西略扶风，南济渭水，狠狠打击隋军。

平阳公主这时的主要任务就是防守李家的大本营山西，她驻守的地方就是苇泽关。苇泽关位于今山西省平定县东北的绵山上，为出入山西的咽喉，因平阳公主率数万"娘子军"驻守于此，更名娘子关。山西是中原和关中地区的屏障，无山西则中原和关中不稳，平阳公主率军驻守娘子关，目的就是为了防止敌人从这里进入山西。

唐朝建立不久，平阳公主积劳成疾，一病不起，死时仅二十三岁。李渊用功臣礼埋葬了女儿，后世传为美谈。

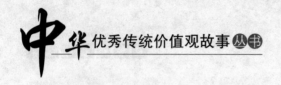

17. 魏徵犯颜直谏

魏徵，字玄成。巨鹿人（今河北邢台市巨鹿县人，又说河北晋州市或河北馆陶县），唐朝政治家。曾任谏议大夫、左光禄大夫，封郑国公，以直谏敢言著称，是中国史上最负盛名的谏臣，享有崇高的声誉。

魏徵以犯颜直谏著称。即使唐太宗在大怒之际，他也敢面折廷争，从不退让，所以连皇帝对他都会产生敬畏之心。

贞观二年（628），长孙皇后听说一位姓郑的官员有一位年仅十六七岁的女儿，才貌出众，京城之内，绝无仅有，便告诉了唐太宗，请求将其纳入宫中，备为嫔妃。太宗便下诏将这一女子聘为妃子。此时魏徵已经被授秘书监，并参掌朝政，听说这位女子已经许配陆家，便立即入宫进谏："陛下为人父母，抚爱百姓，当忧其所忧，乐其所乐。居住在宫室台榭之中，要想到百姓都有屋宇之安；吃着山珍海味，要想到百姓无饥寒之患；

嫔妃满院，要想到百姓有室家之欢。现在郑民之女，早已许配陆家，陛下未加详细查问，便将她纳入宫中，如果传闻出去，难道是为民父母的道理吗?"太宗听后大惊，当即深表内疚，并决定收回成命。但房玄龄等人却认为郑氏许人之事子虚乌有，坚持诏令有效。陆家也派人递上表章，声明以前虽有资财往来，并无定亲之事。这时，唐太宗半信半疑，又招来魏徵询问。魏徵直截了当地说:"陆家其所以否认此事，是害怕陛下以后借此加害于他。其中缘故十分清楚。不足为怪。"太宗这才恍然大悟，便坚决地收回了诏令。

有一次，唐太宗想要去秦岭山中打猎取乐，行装已准备停当，但却迟迟未能成行。后来，魏徵问及此事，太宗笑着答道:"当初确有这个想法，但害怕你又要直言进谏，所以很快又打消了这个念头。"还有一次太宗得到了一只上好的鹞鹰，把它放在自己的肩膀上，很是得意。但当他看见魏徵远远地向他走来时，便赶紧把鸟藏在怀中。魏徵故意奏事很久，致使鹞鹰闷死在太宗怀中。

贞观六年，群臣都请求太宗去泰山封禅，借以炫耀功德和国家富强，只有魏徵表示反对。唐太宗觉得奇怪，便向魏徵问道:"你不主张进行封禅，是不是认为

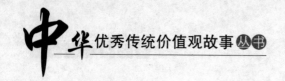

我的功劳不高、德行不尊、中国未安、四夷未服、年谷未丰、祥瑞末至？"魏徵回答说："陛下虽有以上六德，但自从隋末天下大乱以来，直到现在，户口并未恢复，仓库尚为空虚，而车驾东巡，千骑万乘，耗费巨大，沿途百姓承受不了。况且陛下封禅，必然万国咸集，远夷君长也要扈从。而如今中原一带，人烟稀少，灌木丛生，万国使者和远夷君长看到中国如此虚弱，岂不产生轻视之心？如果赏赐不周，就不会满足这些远人的欲望；免除赋役，也远远不能报偿百姓的破费。如此仅图虚名而受实害的事，陛下为什么要干呢？"不久，正逢中原数州暴发了洪水，封禅之事从此停止。

贞观七年（633），魏徵代王珪为侍中。同年底，中牟县丞皇甫德参向太宗上书说："修建洛阳宫，劳弊百姓；收取地租，数量太多；妇女喜梳高髻，宫中所化。"太宗接书大怒，对宰相们说："德参想让国家不役一人，不收地租，富人无发，才符合他的心意。"想治皇甫德参诽谤之罪。魏徵谏道："自古上书不偏激，不能触动人主之心。所谓狂夫之言，圣人择善而从。请陛下想想这个道理。"最后还强调说："陛下最近不爱听直言，虽勉强包涵，已不像从前那样豁达自然。"唐太宗觉得魏徵说得入情入理，便转怒为喜，不但没有对皇甫德参治罪，还把他提升为监察御史。

贞观十六年（642），魏徵染病卧床，唐太宗派出探视病情的使者道路相望。魏徵一生节俭，家无正寝，唐太宗立即下令把为自己修建小殿的材料，全部为魏徵营构大屋。不久，魏徵病逝于家中。太宗亲临吊唁，痛哭失声，并说："夫以铜为镜，可以正衣冠；以古为镜，可以知兴替；以人为镜，可以明得失。朕常保此三镜，以防己过。今魏徵殂逝，遂亡一镜矣。"

◆ "傲不可长，欲不可纵，乐不可极，志不可满。"魏徵的话，今天亦有意义。

18. 狄仁杰刚正辅国

狄仁杰，字怀英，唐代并州太原（今山西省太原南郊区）人；唐（武周）时杰出的政治家。武则天当政时期的宰相。历官并州都督府法曹、大理丞、侍御史、宁州、豫州刺史。武则天即位，任地官侍郎、同凤阁鸾台平章事，后为来俊臣诬害下狱，贬彭泽令，转魏州刺史。神功初复相，后入为内史，后又封为梁国公。在武则天当政时，以不畏权贵著称。

狄仁杰出生于一个官宦之家。祖父曾任贞观朝尚书左丞，父亲曾任夔州长史。狄仁杰通过明经科考试及第，出任汴州判佐；工部尚书阎立本为河南道黜陟使时，发现狄仁杰是一个德才兼备的难得人物，谓之"河曲之明珠，东南之遗宝"，推荐狄仁杰作了并州都督府法曹。

高宗时，狄仁杰被任命为侍御史，负责审讯案件，纠劾百官。任职期间，狄仁杰恪守职责，对一些巧媚逢迎、恃宠怙权的权要进行了弹劾。调露元年（679），司农卿韦弘机奉命建造了宿羽、高山、上阳等宫殿，宽敞壮丽。狄仁杰却上奏章弹劾韦弘机，说他引导皇帝追求奢靡，其实是借机劝诫高宗，韦弘机因此被免职。左司郎中王本立恃恩用事，满朝文武无不畏之。狄仁杰却毫不留情地揭露其为非作歹的罪行，请求交付法司审理。高宗想宽容包庇王本立，狄仁杰以身护法："国家虽缺乏英才，可是像王本立这样的害群之马怎么能留？陛下怎可为了一个有罪的人去破坏王法的尊严。陛下如果一定要曲解法律赦免王本立的话，就请陛下将我发配到一个无人之境去，好让那些忠贞之士以我为戒！"最终王本立被定罪，朝廷肃然。后来，狄仁杰官迁度支郎中，唐高宗准备巡幸汾阳宫，以狄仁杰为知顿使，先行布置中途食宿之所。并州长史李冲玄因为御道左近有祠堂名为"妒女祠"，于是打算征发徭役，另外选址，别开御道。狄仁杰说："天子之行，千乘万骑，风伯清尘，雨师洒道，何妒女之害耶？"俱令作罢，免除了并州数万人的劳役。唐高宗闻之赞叹说："真大丈夫矣！"

作为一名精忠谋国的宰相，狄仁杰很有知人之明，也常以举贤为意。一次，武则天让他举荐一名将相之才，狄仁杰向她推举了荆州长史张柬之。武则天将张柬

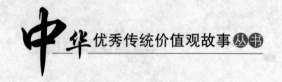

之提升为洛州司马。过了几天，又让狄仁杰举荐将相之才，狄仁杰说："先前推荐的张柬之，陛下尚未任用。"武则天回答说已经将他提升了。狄仁杰说："臣推荐张柬之是做宰相，并不是推荐他当洛州司马。"由于狄仁杰的大力举荐，张柬之被武则天任命为秋官侍郎，又过了一个时期，升位宰相。后来，在狄仁杰死后的神龙元年（705），张柬之趁武则天病重，拥戴唐中宗复位，为匡复唐室作出了巨大的贡献。狄仁杰还先后举荐了桓彦范、敬晖、窦怀贞、姚崇等数十位忠贞廉洁、精明干练的官员，他们被武则天委以重任之后，政风为之一变，朝中出现了一种刚正之气。以后，他们都成为唐代中兴名臣。对于少数民族将领，狄仁杰也能举贤荐能。契丹猛将李楷固曾经屡次率兵打败武周军队，后兵败来降，有人主张处斩。狄仁杰认为李楷固有骁将之才，若恕其死罪，必能感恩效节，于是奏请授其官爵，委以专征，武则天接受了他的建议。果然，李楷固等率军讨伐契丹余众，凯旋，武则天设宴庆功，举杯对狄仁杰说："公之功也。"由于狄仁杰有知人之明，有人评价狄仁杰，"天下桃李，悉在公门矣"。

在狄仁杰为相的几年中，武则天对他的信任、尊重，是群臣莫及的，她常称狄仁杰为"国老"而不是称呼其名。狄仁杰常常因国事当场与武则天争辩，武则天"每屈意从之"。狄仁杰多次以年老告退，武则天不许。入见，常阻其拜。武则天曾告诫朝中官吏："自非军国大事，勿以烦公。"

久视元年（700），狄仁杰病故，朝野凄恸，武则天哭泣着说："朝堂空也。"赠文昌右相，谥曰文惠。唐中宗继位，追赠司空。唐睿宗又封之为梁国公。

◆ 狄仁杰的一生，宦海浮沉，政绩显赫；刚正严明，辅国安邦。作为一个封建统治阶级的杰出政治家，狄仁杰每任一职，都心系民生，政绩卓著。在他身居宰相之位后，对武则天弊政多所匡正；在上承贞观之治下启开元盛世的武则天时代，狄仁杰作出了卓越的贡献。

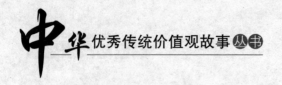

19. 颜真卿坚贞匡国

颜真卿，字清臣，唐京兆万年（今属陕西）人。祖籍唐琅琊临沂（今属山东），唐代中期杰出书法家。他创立的"颜体"楷书与赵孟頫、柳公权、欧阳询并称"楷书四大家"。后人将他与柳公权的书法并称为"颜筋柳骨"。

颜真卿于唐开元年间中举进士，登甲科，曾4次被任命为监察御史，迁殿中侍御史。因受到当时的权臣杨国忠排斥，被贬黜到平原（今属山东）任太守。人称颜平原。

平原郡属安禄山辖区，安禄山谋反初露苗头时，颜真卿暗中高筑城墙，并在墙边深挖战壕，招募壮丁，积储粮草，加以防范。表面上却作出每日与宾客泛舟饮酒、不问世事的假象。天宝十四年（755），安禄山谋反，河北二十四郡除了平原城守备很好外，其他城均失守。在与安禄山的斗争中，颜真卿将原来的三千兵扩充到万人，并择取统帅、良将，与堂兄常山太守颜杲卿相约共同抵抗安禄山，颜杲卿在安禄山后方讨伐叛军。颜真卿被推为联军盟主，统兵二十万，横扫燕赵。天宝十五年（756），又辅佐河东节度使李光弼讨伐叛军。同年，唐玄宗之子李亨即位后，为肃宗。颜真卿重新当上了河北招讨使。安禄山利用肃宗调走河北兵力之机，乘虚急攻河北，兵围平罩。十月，颜真卿被迫弃郡。次年见到了皇帝，被诏受宪部（刑部）尚书，后升职为御史大夫。代宗时官至吏部尚书、太子太师，封鲁郡公，人称"颜鲁公"。

　　经过安史之乱，唐朝转向衰落，出现了藩镇割据的局面。代宗死后，他的儿子李适即位，为德宗，但实权却被宰相卢杞把持。卢杞一直对颜真卿的才略和耿直嫉恨。德宗兴元元年（784），唐德宗想改变藩镇专权的局面，却引发了藩镇叛乱。其中淮西节度使李希烈兵势最强，他自称天下都元帅，向朝廷进攻，朝野大为震惊。唐德宗找宰相卢杞商量，奸相卢杞欲趁机借李希烈之手欲铲除颜真卿，于是说："不要紧。只要派一位德高望重的大臣去劝导他们，不用动一刀一枪，就能把叛乱平息下来。"便推荐了年老的太子

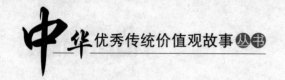

太师颜真卿。

这时候，颜真卿已经是七十开外的老人了。文武官员听说朝廷派他到叛镇去做劝导，都为他的安全担心。但是，颜真卿却不在乎，带了几个随从就赶往淮西。唐朝宗室李勉听到这件事，觉得朝廷将失去一位元老，于是秘密上奏请求留住他，并派人到道路上去拦他，但没有赶上。

李希烈听到颜真卿来了，想给他一个下马威。在见面的时候，叫他的部将和养子一千多人都聚集在厅堂内外。颜真卿刚刚开始劝说李希烈停止叛乱，那些部将、养子就冲了上来，个个手里拿着明晃晃的尖刀，围住颜真卿又是谩骂，又是威胁。但颜真卿却面不改色，朝着他们冷笑。李希烈于是命令人们退下。接着，把颜真卿送到驿馆里，企图慢慢软化他。

叛镇的头目纷纷派使者来跟李希烈联络，劝李希烈即位称帝。李希烈大摆筵席招待他们，也请颜真卿参加。叛镇派来的使者见到颜真卿来了，都向李希烈祝贺说："早就听到颜太师德高望重，现在元帅将要即位称帝，正好太师来到这里，不是有了现成的宰相吗？"

颜真卿扬起眉毛，朝着叛镇使者骂道："什么宰相不宰相！我年纪快八十了，要杀要剐都不怕，难道会受你们的诱惑，怕你们的威胁吗？"

李希烈拿他没办法，只好把颜真卿关起来，派士兵监视着。士兵们在院子里掘了一个一丈见方的土坑，扬言要把颜真卿活埋在坑里。第二天，李希烈来看他，颜真卿对李希烈说："我的死活已经定了，何必玩弄这些花招。你把我一刀砍了，岂不痛快！"

过了一年，李希烈自称楚帝，又派部将逼颜真卿投降。士兵们在关禁颜真卿的院子里，堆起柴火，浇足了油，威胁颜真卿说："再不投降，就把你放在火里烧！"颜真卿二话没说，就纵身往火里跳去，叛将们把他拦住，向李希烈汇报。

兴元元年八月（784年8月），李希烈想尽办法，终没能使颜真卿屈服，就派人将其缢杀。颜真卿终年77岁。

半年后，叛将李希烈被自己手下人所杀，叛乱平定。颜真卿的灵柩才得以护送回京，厚葬于京兆万年颜氏祖茔。德宗皇帝痛诏废朝八日，举国悼念。德宗亲颁诏文，追念颜真卿的一生是"才优匡国，忠至灭身，器质天资，公忠杰出，出入四朝，坚贞一志，拘

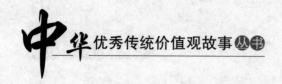

胁累岁，死而不挠，稽其盛节，实谓犹生"。他秉性正直，笃实纯厚，有正义感，从不阿于权贵，曲意媚上，以义烈名于时。

20. 吕端大事不糊涂

吕端，字易直，北宋幽州安次（今属河北）人。出生在官宦家庭，自幼好学上进，终成大器。其父做过后晋的兵部侍郎，吕端以其父的官位荫补禁卫官，后任国子监主簿、太仆寺丞、秘书郎等职。

995年，吕端被宋太宗提升为宰相。对这个一人之下、万人之上的位置，吕端并不觉得有多了不起，他想的是如何调动全体臣僚的积极性，为此不惜自己放权和让位。当时和他有同样声望的还有一位名臣寇准，办事干练，很有才能，但是性子有些刚烈。吕端担心自己当了宰相后寇准心中会不平衡，如果要起脾气来，朝政会受到影响，于是就请太宗另下了一道命令，让担任参知政事（副宰相）的寇准和他轮流掌印，领班奏事，并一同到政事堂中议事，得到了太宗的批准，也平和了寇准的情绪。后来，太宗又下诏说："朝中大事要先交给吕端处理，然后再上报给我。"但吕端遇事总是与寇准一

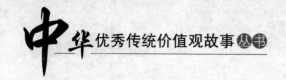

起商量，从不专断。过了一段时间，吕端又主动把相位让给了寇准，自己去当参知政事。这种主动让权，在普通人的眼中自然是"糊涂"的举动。

有一年，朝中大臣李惟清被太宗从掌管全国军事的枢密使位子上换下来，去当负责监察百官的御史中丞，虽然是平调，但实际权力发生了变化，他认为是吕端在中间使坏。于是，李惟清趁吕端有病在家休息没有上朝的机会告了吕端一个恶状。事情传到吕端耳中后，吕端不以为然，既没有去对皇帝表白，也没有去找李惟清算账，而是淡淡地说："我一辈子行得正、坐得直，没有做什么对不起人的事，又怕什么风言风语呢？"这种不与人计较的坦然心态也被时人认为是"糊涂"。

在吕端刚刚担任参知政事（副宰相）的时候，他从文武百官前面经过，一个小官由于平时听多了吕端"糊涂"的传闻，对他很不服气，以很不屑的口吻来了一句："这个人竟也当了副宰相了？"吕端的随行人员觉得生气，要问那个人的姓名，看看这个人是干什么的。吕端制止说："不要问。你问了他就得说，他说了我也就知道了。而我一知道，对这种公然侮辱我的人便会终生不能忘。着意地去报复，对我来说是肯定不会的。但以后如果有什么事涉及他，撞到我手里，想做到公正对待也一定很难。所以，还是不知道的好。"这种君子不念恶，揣着明白装糊涂的举动，对吕端来说是一种反映自我修养的高尚境界，但在世人眼中，自然又被看成了"糊涂"。

吕端的"糊涂"，还在于他的不置产业。他不仅为官非常清廉，从来没有贪污受贿之事，就是应得的那份俸禄也常常分出一些去周济照顾别人。以至于后来吕端去世后，他的两个儿子竟因生活困难没钱结婚，只好把房产抵押给别人。真宗皇帝知道这个事情后，很受感动，从皇宫的开支中支出了五百万钱把房产赎了回来，另外又赏了不少金银和丝绸，替吕家还清了旧账。以宰相之尊，而后人贫困至此，在常人的眼里又是多么"糊涂"。

吕端这种对个人利益、对自身名利淡然处之的"糊涂"，是那么的可贵、那么值得后人学习，难怪他的"糊涂"要受到人们的称赞了。

吕端经历了北宋太祖、太宗、真宗三朝。他具有很好的政治才能，在内政、外交等方面都有独到的见解。北宋的开国宰相赵普曾这样评价他："得到褒奖不曾高兴，遇到挫折不曾害怕，具有宰相的气度。"但真正使他名传千古的，却是由于他的"大事不糊涂"。这种不

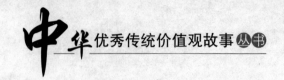

糊涂，主要表现在两件事上：

　　一是安抚李继迁。李继迁是党项族人，曾归顺北宋，后来叛宋，在西北部边境上屡次骚扰。一次在与宋军的交战中，他没有保护好母亲，让老娘当了宋军的俘虏。这个消息报到朝廷后，太宗就想处死这个老太太。当时寇准正担任掌管全国军事的枢密副使，太宗单独召见了寇准，跟他商量此事，准备在边境上大张旗鼓地把老太太杀掉，以惩戒那些与朝廷作对的人。寇准从太宗处回去时，经过宰相的办公地，吕端猜想可能是要与他商议大事，就对寇准说："边境上的日常事务，我没必要知道。如果是军国大事，我位居宰相，你应该告诉我。"虽然不是军国大事，但寇准也原原本本地告诉了他。吕端说："这样做好像不太合适，请你暂缓处理，我去找皇帝说说。"他来到太宗面前说了一通道理："从前楚汉相争时，项羽抓住了刘邦的父母，想要把他们在阵前用锅煮了，可是刘邦说如果你一定要煮，那么分我一杯肉汤喝吧。做大事的人不会顾虑到他的父母，更何况李继迁这样的蛮夷叛乱之人呢？陛下今天杀了老太太，明天就能捉住李继迁吗？如果捉不住，那只能结下怨仇，更坚定他的反叛之心。"太宗觉得他说得很有道理："那你说应该怎么办呢？"吕端说："不如在延州

（今属陕西）妥善安置老太太，对李继迁实行攻心战，虽不一定能招降，但他母亲总还在我们的掌握中。"太宗连连说好："多亏了你。我差点误了国家大事。"后来，李母病死在延州，而李继迁则在1004年攻打吐蕃的时候中箭身亡，最后他的儿子归顺了宋朝。吕端的高瞻远瞩收到了很好的效果。

二是平息太子之争。997年，宋太宗病危。由于在太祖与太宗的交替过程中，曾出现了"烛影斧声"的千古疑案，因此在太宗病危的敏感时期，吕端每天都陪着太子（宋真宗）到太宗的床前探望。当时得宠的宦官王继恩担心太子继位后对自己不利，就先串通好了皇后，再暗中勾结了参知政事（副宰相）李昌龄、殿前都指挥使（掌管御林军）李继勋、知制诰（管草拟诏书）胡旦等人，图谋拥立楚王赵元佐（太宗的长子），一场宫廷政变在紧锣密鼓地展开着。太宗一咽气，皇后马上就派王继恩召见吕端，计划逼着吕端同意立楚王为君。其实在他们刚开始谋划的时候，吕端已经有所耳闻了，现在听到皇后召他入宫，知道局势可能有变，就果断地把王继恩锁在了自己家的书房中，派人严加看守，然后入宫晋见。果然，皇后对他提出了立楚王的问题，吕端毫不客气地顶了回去："先帝在的时候已经明确了太子，我

们怎么能不听他的话呢?"由于谋变的关键人物王继恩已经被控制了起来,皇后一时也没了主意。吕端趁热打铁,率领大臣共同保太子(真宗)继位。真宗登基后,坐在大殿上垂帘接受群臣的朝拜,吕端站在底下不肯下跪,要求卷起帘子来,然后登上台阶察看确实是真宗本人,才走下台阶,率领群臣磕头跪拜。接着,又把那几个犯上作乱的大臣发配到外地,彻底平息了这场争端,确保了政权的稳固。

◆ 吕端一生经历了三代帝王,在四十年的宦海生涯中几乎没有受到什么冲击,这种经历在封建王朝中实在是不多见的。这与他在大局、大节问题上毫不糊涂,但在事关个人利益的问题上却能"糊涂"了事的品质,是有很大关系的。对于我们今天的人来说,都应该学学这种"糊涂"的精神。

21. 狄青夜袭昆仑关

狄青，字汉臣，北宋汾州西河人。出身贫寒，勇而善谋。面有刺字，善骑射。在宋夏战争中，每战披头散发，戴铜面具，冲锋陷阵，立下了累累战功，人称"面涅将军"。

党项人元昊叛宋，狄青应召入伍，投入抗击西夏军队的战斗。当时宋军经常吃败仗，士兵普遍产生了畏惧西夏军队的情绪，士气低落，而狄青每次作战却身先士卒，披散头发，戴着铜面具，手持利刃冲入敌阵，往往所向披靡，从而大大鼓舞了士气。在对西夏的战争中，狄青经历大小25战，身上留下了8处伤痕。因作战英勇，狄青得到了当时主持西北战事的韩琦和范仲淹的赏识。二人对狄青礼遇有加，范仲淹还送给他一部《春秋左传》，并告诫他说："将领若不知天下古今之事，顶多只是匹夫之勇。"狄青潜心苦读，研习历代将帅兵法，自身修养不断得以提高。

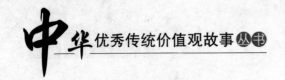

　　皇祐四年是宋朝的多事之秋，就在这一年，广西少数民族首领、广源州的侬智高因为朝廷没有封赏他邕桂七州节度使而起兵反宋，占邕州，建"大南国"，自称仁惠皇帝，招兵买马，攻城略地，不久便掠峦、横、贵、浔等九州，围广州城，汴京震动。宋朝统治者十分恐慌，先后派余靖、孙沔等将率兵南下广南。因昆仑关被侬智高部署占领，已修建为坚固堡垒，而且附近山头均驻有守兵，居高临下，宋军多次冲锋，伤亡惨重。几次派兵征讨，均损兵折将，大败而归。就在举国骚动、满朝文武惶然无措之际，枢密副使狄青自告奋勇，上表请行。宋仁宗十分高兴，任命他为宣徽南院使，宣抚荆湖南北路、经制广南盗贼事，并亲自在垂拱殿为狄青设宴饯行。

　　当时，宋军连吃败阵，军心动摇，更有个别将领如陈曙等，心怀私利，不以国事为重，竟因害怕狄青抢功而擅自出击，结果大败而归，死伤惨重。狄青受命之后，鉴于历朝借外兵平叛后患无穷的教训，首先向皇帝建议停止借交趾兵马助战的行动。他大刀阔斧整肃军纪，处死了陈曙等不听号令之人，使军威大振。接着命令部队按兵不动，从各地调拨、屯集了大批的粮草。侬智高的军队看到后，以为宋军在近期内不会进攻，放松了警惕。

皇佑五年（1053）元宵节，善于用兵的狄青宣布全军休息十天，以庆祝佳节，犒赏三军，安排各营大事张罗，饮宴三天。正月十六日晚，部分校尉还在饮宴，狄青却突然悄悄传令整顿队伍，一面派出小部队佯攻昆仑关，一面亲自率领先锋部队，用时一昼夜，从宾州绕道潜行昆仑关东约十华里的佛子坳，经长山驿，在关山堡消灭守军后，大军直抵归仁铺，与侬智高亲率从邕州倾巢而出的步卒展开激烈的战斗。狄青施用"间道绝关"的战略，成功越过昆仑关，迫使邕州侬智高手足无措，归仁铺一役一败涂地，直至最后灭亡。这就是使狄青传名于世的"上元三鼓夺昆仑"之举。

班师还朝以后，论功行赏，狄青被任命为枢密使，做了最高军事长官。

狄青始终对朝廷忠心耿耿。在他做了枢密副使之后，脸上仍保留着宋代军士的低贱标记——制字。宋仁宗曾劝他用药抹去，狄青回答说："陛下以功擢臣，不问门第，臣所以有今日，由此涅尔，臣愿留以劝军中。"首先想到的是鼓舞士气，而不是自己做官的尊严。

狄青出身贫贱，曾有谄谀附阿之徒附会说他是唐朝名臣狄仁杰之后，狄青并不为改换门庭而冒认祖宗，他说："一时遭际，安敢自比梁公。"在侬智高败逃之后，有人曾主张报侬智高已死，以此邀功，狄青却以为"不敢诬朝廷以贪功"。

史称他"为人缜密寡言，其计事必审中机会而后发。行师先正队伍，明赏罚，与士卒同饥寒劳苦……尤喜推功与将佐。"狄青的品行和武功在当时朝野广为传颂，京师的百姓纷纷称颂其人才武功，"青每出入，辄聚观之，至壅路不得行"，就连力主罢免他的文彦博也称他"忠谨有素"。

宋朝因唐末五代武人专政、兵变频仍之弊，自开国以来，极力压低武将地位以绝其觊觎之心，把右文抑武作为基本国策。在这样的政治环境中，随着狄青官职的升迁，朝廷对他的猜忌、疑虑也在逐步加深。狄青生前因为朝廷"疑"而被视为眼中钉必欲拔之而后快，死后却受到了礼遇和推崇，"帝发哀，赠中令，谥武襄"。

22. 辛弃疾闯营锄奸

辛弃疾，南宋词人。原字坦夫，改字幼安，别号稼轩，历城（今属山东济南）人。出生时，中原已为金兵所占。21岁参加抗金义军，不久归南宋。历任湖北、江西、湖南、福建、浙东安抚使等职。一生力主抗金。作品集有《稼轩长短句》，今人辑有《辛稼轩诗文钞存》。

辛弃疾是我国南宋时期的一位爱国主义词人，他的词字里行间都充满了爱国主义激情，可是人们却很少知道，辛弃疾不仅是位词人，他还是一位文武全才的爱国义士，曾举刀与敌人对阵，驰骋沙场。

辛弃疾是山东历城人，他出生时北方久已沦陷于金人之手。他的祖父辛赞虽在金国任职，却一直希望有机会"投衅而起，以纾君父所不共戴天之愤"，并常常带着辛弃疾"登高望远，指画山河"。同时，辛弃疾也不断亲眼看见汉人在金人统治下所受的屈辱与痛苦，这一切使他在青少年时代就立下了恢复中原、报国雪耻的志

向。辛弃疾的老师是蔡伯坚，他不仅从书中学到了知识，而且也学到了为国家和民族复仇的思想。

到了青年时期，他宣传爱国思想，自己竟组织了一支两千多人的抗金义军，并率领这些人加入了农民领袖耿京领导的抗金队伍。辛弃疾在抗金队伍中冲锋在前，非常勇敢，而且不徇私情，无论是谁，只要不抗金，决不放过。

队伍中有个义端和尚，此人参加抗金队伍是假，拉着抗金队伍投降买官才是真的。一日，义端乘耿京下山办事，拉走了一部分人马，投降金兵。义端与辛弃疾平时是朋友，可是当他得知此事，立刻上马去追，将义端斩于马下，又把队伍带了回来。

耿京深感居于敌人腹地的困难，想要与南宋取得联系，便让辛弃疾带一部分人马南下。辛弃疾很快到了建康，见到了宋高宗。高宗听说在敌人统治地区有一支抗金队伍，非常高兴，立刻命辛弃疾通知耿京，把队伍带到南方，与南宋军队一块儿抗金，还给辛弃疾封了官。

不料风云多变，自辛弃疾南行后，耿京被叛徒张安国杀害，抗金队伍已被张安国带着投降了金军。辛弃疾刚到海州便得知此信，心中又痛又恨，对同行人说："我奉皇帝之命回来见主帅，请他把队伍带到南方去，如今主帅蒙难,我如何回报皇帝?大丈夫当顶天立地,象张安国这样的败类岂可让他逍遥?我必杀了此人,一为主帅报仇,二也可向皇帝交差,三可铲除奸人,以为出卖民族者戒。"

于是,他与统制王世隆相义军的又一领袖马全福商议,组织了一支轻骑队伍,偷袭金营,捉拿叛徒张安国。这支队伍穿便装,日夜兼程,半个月到了济州。辛弃疾先派人出去打探,得知金主今日传旨到金营,叛徒张安国被封官,今夜全军主帅在营内为张安国设宴庆贺。

辛弃疾觉得此时金营必定戒备不严,正是为主帅报仇的好机会,立刻乘机冲入金营大帐,金军主帅还未清醒过来,辛弃疾冲进大帐后,踢翻酒桌,抓住张安国,迅速上马冲出大营。

金军主帅被突然的变故弄傻了,半天才回过神来,下令追赶,可是辛弃疾的轻骑早已跑远了。

辛弃疾把叛徒带回建康,交给朝廷,讲明情况。宋高宗大怒,立刻下旨斩首示众。梦想享受荣华富贵的张安国就这样一命呜呼到地下见阎王去了。高宗见辛弃疾如此果敢,当廷迁升辛弃疾的官职,并将他留在朝中,先后在湖南、江西、湖北做官。

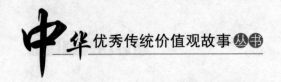

辛弃疾是坚定的抗金爱国志士，受到投降派的排挤，辛弃疾的抗金主张难被采纳，不久，又被免官。晚年时望着自己的家乡，又眼见南宋朝廷的腐败，心潮起伏，感慨万分，写下了许多爱国诗篇，念念不忘中原百姓，表达了自己强烈的爱国思想。

◆ 辛弃疾是开一代词风的伟大词人，强烈的爱国主义思想和战斗精神是其基本思想内容；他还是一位勇冠三军、能征善战、熟谙军事的民族英雄，平生以气节自负、以功业自许，一生力主抗战，所上《美芹十论》与《九议》，条陈战守之策，显示了其卓越的军事才能与爱国热忱。

23. 文天祥丹心照汗青

　　文天祥，吉州庐陵（今属江西）人，南宋民族英雄。初名云孙，字天祥。选中贡士后，换以天祥为名，改字履善。宝祐四年（1256）中状元后再改字宋瑞，后因住过文山，而号文山，又有号浮休道人。文天祥以忠烈名传后世。受俘期间，元世祖以高官厚禄劝降，文天祥宁死不屈，从容赴义。生平事迹被后世称许，与陆秀夫、张世杰并称为"宋末三杰"。

　　南宋德祐二年（1276）正月，蒙古铁骑三路兵马围困临安，城内城外，宋朝将官降的降、逃的逃。太皇太后命文天祥为右丞相兼枢密使，收拾残局。文天祥见事已至此，不可推辞，答应出使蒙军大营，以便一窥虚实，见机行事。但他没有料到蒙古手段严厉，一番负隅顽抗的狡辩之后，被丞相伯颜拘留。太皇太后失去文天祥后，更无人可以依靠，终于向蒙古投降。

　　皇帝投降后，降将吕师孟挖苦文天祥："丞相曾经

上书请斩叛逆遗孽吕师孟，现在为什么不杀了我呢？"文天祥毫不客气地斥责他："你叔侄都做了降将，没有杀死你们，是本朝失刑。你无耻苟活，有什么面目见人？你们投靠敌人，要杀我很容易，但却成全我当了南宋的忠臣，我没有什么可害怕的！"听了这话，吕师孟佩服文天祥的气概，自己都说："骂得痛快！"

文天祥虽然被拘禁，但不甘心失败，又不肯归顺。伯颜没有办法，决定把他送往元大都。船到镇江靠岸，文天祥被囚禁在一户居民家中。他命随从暗中打探敌情，联络船只，计划逃走，还暗中藏了一把匕首，以备必要时自刎。逃走当晚，文天祥的船只被巡船发现，但因巡船追捕时搁浅没法走动，只能看着文天祥一行十二人逃去。

德祐二年（1276）五月初一，益王在福州登位，改元景炎，是为端宗。文天祥担任枢密使兼都督诸路军马。七月，文天祥在南剑州开督府，福建、广东、江西的许多文臣武将、地方名士、勤王军旧部纷纷前来投效，文天祥又派人到各地招兵筹饷，很快组成了一支督府军，规模、声势都比去年的江西勤王军大得多。但是，朝中大臣不能同心同德对付敌人，成为抗蒙事行动的一大障碍。

德祐二年十月，朝廷命文天祥出兵汀州，不幸战斗失利。在蒙军的攻击下，南剑州也落入敌手，行都福安失去屏障。丞相陈宜中、枢密副使张世杰紧急护送端宗和卫王登舟入海，以避兵锋。福安府随即陷落，南宋从此成为海上的流亡政府。

景炎二年（1277）初，元军进逼汀州，文天祥退却到广东梅州。经过整顿，五月间又从梅州出发，打响了收复江西的战役。在文天祥的领导下，江西的抗元军事行动进行得如火如荼。各方义军配合督府军作战，分别夺回会昌、雩都、兴国，分宁、武宁，建昌三县豪杰以及临川、洪州、袁州、瑞州的义兵都来请求督府节制。文天祥统一部署，挥师席卷赣南，占领了大片土地。

景炎二年八月，蒙古铁骑发起大规模的进攻。督府军由于没有作战经验和严格训练，战斗力不强，在铁骑猛烈的冲击下，惨淡收场，文臣武将或牺牲，或归降，文天祥一家只剩下老少三人。虽然文天祥受着国破家亡和妻离子散的巨大打击，但没有动摇其抗蒙意志。他带兵入粤，在潮州、惠州一带继续抗蒙。祥兴元年（1278），文天祥不幸在五坡岭被一支偷袭的蒙古铁骑俘获。他吞下二两龙脑自杀守节，但药力失效，未能殉国。

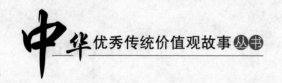

　　元军元帅汉奸张弘范率水陆两路军队直下广东，要彻底消灭南宋流亡政府。文天祥被他们用战船押解到珠江口外的伶仃（亦作"零丁"）洋（今属广东）。张弘范派人请文天祥写信招降张世杰，文天祥当然坚拒写招降书，但写了一首七言律诗，表明自己的心迹，这首诗就是流芳千古的《过零丁洋》，其中"人生自古谁无死？留取丹心照汗青"诗句，成为千百年来忠烈之士的座右铭。

　　在蒙军的猛烈攻势下，南宋流亡政府逃窜到秀山（今属广东）。十一岁的端宗惊悸成疾病逝。张世杰、陆秀夫立八岁的卫王继位。祥兴二年（1279），宋军视死如归，对蒙古舰队在海面上展开了惊心动魄的海战，最后张世杰统领的宋军战败，陆秀夫背负幼年皇帝蹈海殉国。

　　崖山战役后，文天祥被押到广州。张弘范对他说："南宋灭亡，忠孝之事已尽，即使杀身成仁，又有谁把这事写入国史？文丞相如愿转而效力大元，一定会受到重用。"文天祥回答道："国亡不能救，作为臣子，死有余罪，怎能再怀二心？"大元为了使他投降，决定把他押送元大都。

　　文天祥的妻子欧阳夫人和两个女儿柳娘、环娘被元军俘虏后送到大都，大元想利用骨肉亲情软化文天祥。文天祥一共育有二子六女，当时在世的只剩此二女，年龄都是十四岁。文天祥接到女儿的信，虽然痛断肝肠，但仍然坚定地说："人谁无妻儿骨肉之情？但今日事已如此，于义当死，乃是命也。奈何！奈何！"又写诗道："痴儿莫问今生计，还种来生未了因。"表示国既破，家亦不能全，因为骨肉团聚就意味着变节投降。

利诱和亲情都未能使文天祥屈服，元朝统治者又变换手法，用酷刑折磨他。他们给文天祥戴上木枷，关在一间潮湿寒冷的土牢里。牢房空气恶浊，臭秽不堪。文天祥每天吃不饱，睡在高低不平的木板上，又被穷凶极恶的狱卒呼来喝去，过着地狱一般的生活。由于他坚决不低头，大元丞相孛罗威胁他说："你要死，偏不让你死，就是要监禁你！"文天祥毫不示弱："我既不怕死，还怕什么监禁！"

至元十九年（1282），忽必烈大汗问大臣们："南方和北方的宰相，谁最贤能？"群臣奏称："北人无如耶律楚材，南人无如文天祥。"忽必烈下了谕旨，拟授文天祥高官显位。投降元朝的宋臣王积翁等写信告诉文天祥，文天祥回信说："管仲不死，功名显于天下；天祥

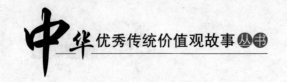

不死，遗臭于万年。"王积翁见他如此决断，不敢再劝。
不久，忽必烈又下令优待文天祥，给他上等饭食。文天
祥请人转告说："我不吃官饭数年了，现在更不吃。"忽
必烈召见文天祥，当面许他宰相、枢密使等高职，又被
他严词拒绝，并说："但愿一死！"

　　从至元十六年（1279）十月抵达大都，到至元十九
年（1282）十二月被杀，文天祥一共被囚禁了三年两个
月。这期间，大元千方百计地对文天祥劝降、逼降、诱
降，参与劝降的人物之多、威逼利诱的手段之毒、许诺
的条件之优厚、等待的时间之长久，都超过了其他的宋
臣。甚至忽必烈大汗亲自出面劝降，也未能说服文天
祥。因此，文天祥经受的考验之严峻，其意志之坚定，
世所罕见。

　　至元十九年（1282）十二月初九，是文天祥就义的
日子。这一天，兵马司监狱内外，布满了全副武装的卫
兵，戒备森严。听到文天祥就义的消息，上万百姓聚集
在街道两旁。从监狱到刑场，文天祥走得神态自若，举
止安详。行刑前，文天祥问明了方向，随即向着南方拜
了几拜。监斩官问："丞相有什么话要说？回奏尚可免
死。"文天祥不再说话，从容就义，终年47岁。

　　◆　文天祥是我国历史上杰出的民族英雄。他生活在一个汉民族危机阴影笼罩的时代。13世纪初，蒙古诸部在塞外强大起来，部落首领铁木真建立了蒙古汗国。几十年间，蒙古铁骑席卷欧亚，攻城略地，基本统一了欧亚大陆。次子窝阔台继位后，相继灭掉金国，随即挥鞭南指，进军南宋。从1235年至1279年，南宋抵抗了40多年。文天祥的一生与这场民族存亡抗击战争相始终。在强敌入侵、国土沦陷、生灵涂炭的危急时刻，他自卖家产、组织义军抗击蒙古铁骑。战败被俘后，他义正词严、痛斥汉奸，慷慨殉国。

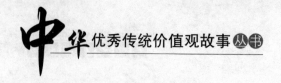

24.谢枋得绝食殉国

谢枋得,江西信州弋阳人,字君直,号叠山,别号
依斋。聪明过人,文章奇绝;学通"六经",淹贯百家。

南宋末年,政治腐败,元朝的军队大踏步地南侵,
宋军节节败退。南宋虽然已不可救药,然而仍有许多忠
臣义士为保卫自己的国家而出力。南宋灭亡后,宋朝留
下来的官吏和读书人不肯降元。最感人的是谢枋得,他
不仅至死不做元朝的臣子,而且绝食殉国。

谢枋得从青年时代起便喜欢研究历史,更敬佩历史
上的民族英雄,决心要做一个忠臣义士。谢枋得对专权
误国的贾似道十分痛恨,为了振兴南宋,他在首次科举
考试的试卷上毫不避讳地指斥贾似道,被发配做苦工。
可是他并不后悔,仍然宣扬自己的主张,直到贾似道下
台,他才得以入朝为官,做信州知州。

不久,元军进攻信州,他立刻招募一批爱国义士,
在信州以北的团湖抗击元兵。这些义军的将帅叫张孝

忠，由于他善于指挥，宋军连连获胜，可是不久，张孝忠被元军的暗箭射死，义军失去统领很快被元军打散。信州失守，谢枋得冒死逃出，隐藏在福建建宁的唐石山中。

临安失陷的消息传入山中，谢枋得大哭一场，每天穿麻衣，朝着东方太阳升起的地方流泪，以此来寄托自己对国破家亡的哀痛。他每天到建阳的市上做一些自己能做的事，维持生活，盼望文天祥、张世元等人的抗元活动能重建家园。然而他听到的消息总是与自己的愿望相反，文天祥、张世元战死，南宋真的没有一点希望了。于是他谢客闭门不出，就连教授后人读书的事也辞了。

元朝建立后，为维护自己的统治，招宋朝官吏入朝做官。集贤学士程钰夫首先向元朝皇帝推荐了二十二人，第一名便是谢枋得。谢枋得知道后，不但不高兴，反而十分生气，说："我谢枋得生为宋朝臣，死为宋朝鬼，岂能为敌国效力。"坚决不入朝为官。元朝曾先后五次派人来诱降谢枋得，但都被他用严词拒绝，并写《却聘书》："人莫不有一死，或重于泰山，或轻于鸿毛。若逼我降元，我必慷慨赴死，决不失志。"

两年后，元朝皇帝派福建参政魏天祐到江南搜罗人

才，他多次去请谢枋得，遭到严词拒绝，为了向皇帝请功，魏天祐竟将谢枋得捆绑上路，派人押送大都。

谢枋得不愧为有气节的志士，为了表示反抗，一路上他宁肯绝食而死，也不屈膝做元人的官。后来他突然想到被掳往大都的南宋皇帝和太后，便每天少吃一点水果，准备到大都先见一见太后和皇帝，然后再死。由于水果不足以补充身体需要，谢枋得到大都后便病倒了，他要求见太后与皇帝又遭到了拒绝，更加心灰意冷。

元朝尚书留梦炎非常赏识谢枋得，把他安置在悯忠寺养病，希望他早日恢复，能为元朝统治者服务。哪里知道谢枋得已抱定死不做元臣的决心，任你元朝官员对他多么热情，也难以熔化他的心。说来也巧，谢枋得住的悯忠寺本是纪念历代忠臣义士的寺院，墙上有许多石碑，谢枋得的住处有一块曹娥碑。曹娥是东汉时期的一个孝女，为了抢救落水的父亲，她自己也淹死了。谢枋得见了曹娥碑，百感交集，痛哭流涕，说："一个弱女子尚能为父尽孝，我身为七尺男儿，为什么不为国殉难？"

此后，谢枋得不喝不食，将医生的药和侍卫送来的饭扔到地上，说："大丈夫生不能为国捐躯，已是遗憾。如今国破家亡，活且可耻，岂能为元朝臣子！"无论别人怎么劝，谢枋得毫不动摇，绝食五天，终于以死殉国，当时六十四岁。遗书自称："大元制世，民物一新，宋室孤臣，只欠一死。某所以不死者，以九十三岁之母在堂耳，先妣以今年二月，考终于正寝，某自今无意人间事矣！"

◆ 谢枋得生活在宋元交替之际、社会动乱的时代。良好的家庭教育对他的爱国思想的形成和发展有着深远的影响。他的父亲为人正直；母亲也知书达理，深明大义。早在青少年时期，他就经常受到父母有关忠义爱国的教育。谢枋得在被押赴大都时高唱"万古纲常担上肩，脊梁铁硬对皇天。人生芳秽有千载，世上荣枯无百年"，充分表达了一个爱国志士威武不屈的民族骨气和贫贱不移的高尚志向。

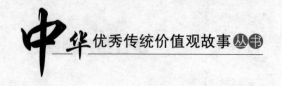

25. 戚继光抗击倭寇

戚继光，字元敬，号南塘，晚号孟诸，山东登州人。明代著名抗倭将领、军事家，与俞大猷齐名。卒谥武毅。世人称其带领的军队为"戚家军"。

明代名将戚继光，不仅有一腔爱国热情和战场指挥才干，还是一位锐意进取、对军事制度进行改革的创新者，其行为成为明朝后期衰败阴暗局面中的一个亮点。

1555年，戚继光调赴浙江就任都指挥使之际，中国东部沿海正不断受到倭寇侵犯。一股40多人的倭寇登陆后竟深入腹地行程千里，从浙东窜入安徽、江苏，一路掠杀，还围绕南京城兜了一大圈。当时在南京驻有军队12万人，却不敢出战。最后这股倭寇虽然被歼，但军民伤亡竟达3000多人！

当时中国人口和军队数量都超过倭寇海盗多倍，倭寇海盗本非正规军，然而明军几十年间在沿海却陷于被动挨打的局面。仔细分析这一反常现象，可以看出当时中日双方在军事组织和战术上的差距。倭寇虽缺乏统一指挥，只以小股力量杀人越货，却体现出日本下层社会结构的严密，其大小头目对下属能施以严格管制和指挥，还采取了飘忽不定的狡诈战法，并配备了仿西洋火枪而制成的鸟铳，因而屡屡以少胜多。明朝军队量多而质差，重要原因是因其实行"卫所"世兵制，每个"军户"出丁一人，代代不变。此制度建立后，士兵逃亡和换籍者众多，至明中叶以后卫所出现大量空额，所剩残卒也多为军官役用，训练废弛。偌大的明王朝，能作战的兵力十分有限。

戚继光奉命抗倭后，立即改革军制，不用卫所制的世兵，招募流亡农民和矿工，组建新部队。这些士兵多受过倭祸之害，戚继光就此以"保国卫民"训导官兵，同时严肃军纪，实行"连坐法"，规定全队退却则队长斩首等法规，使所部战斗意志高昂。他还摈弃旧式"看武艺"的训练法，采取了鸳鸯阵等新战术，并建立了队、哨、营等新编制，组织调度比较灵活。戚继光还注重研究葡萄牙和日本的新式火器，仿制出鸟铳和"佛朗机"炮，从而使明军进入了冷热兵器混用的阶段。

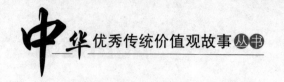

严明的军纪、职业化的训练水平、东亚最先进的装备、百战百胜的战绩使戚家军名扬天下。

嘉靖三十八年（1559），戚家军成军于浙江义乌，总兵力4000人，主力是义乌农民和矿工。自成军起，大小数百战未尝败绩。比较有名的大战有：嘉靖四十年台州之役，经新河、花街、上峰岭、藤岭、长沙等战斗，十三战十三捷，斩杀真倭3000余级，烧杀溺毙无算；福建之役，总兵力6000，经横屿、牛田、林墩三战，斩真倭5000余级，其中横屿之战是一场精彩的步炮协同作战，先以火炮击沉倭寇战船并轰击倭寇大营，再以突击队强行登陆突破倭寇本阵，斩杀倭寇头领；嘉靖四十二年莆田的平海卫、仙游、王仓坪、蔡丕岭四战，斩真倭20000余级；另于广东剿灭勾结倭寇的海盗吴平，斩从倭30000余级，吴平逃亡海上。戚家军创造了以平均每伤亡兵力22人，换取斩杀敌人1000余级的冷兵器时代敌我伤亡比的奇迹。

军制改革后，戚家军这支崭新的军队出现在浙东沿海战场，抗倭形势迅速改观。戚继光不把数量有限的部队分兵把口，而形成一个拳头主动出击，在台州九战九捷。大感惊恐的日本海盗转而窜扰福建、广东沿海后，戚家军也随之南调。戚继光根据倭寇在海边游动需要一些据点和岛屿作为巢穴的特点，也以主动攻击为主，其中夜袭横屿岛一仗歼敌2000人。戚家军经过在浙江、福建、广东三省转战10年，倭寇因惧歼而不敢再犯。

◆ "封侯非我意，但愿海波平"，戚继光保国卫民、戎马一生，率军于浙、闽、粤沿海诸地抗击来犯倭寇，历10余年，大小80余战，终于扫平倭寇之患，被誉为民族英雄。

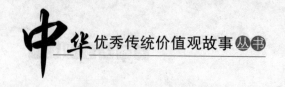

26. 海瑞不畏权贵

海瑞，字汝贤，号刚峰，广东琼山（今属海南）人。明朝著名清官。历任知县、州判官、尚书丞、右佥都御史等职。为政清廉，洁身自爱。为人正直刚毅，职位低下时就敢于蔑视权贵，从不谄媚逢迎。一生忠心耿耿，直言敢谏，曾经买好棺材，告别妻子，冒死上疏。海瑞一生清贫，抑制豪强，安抚穷困百姓，打击奸臣污吏，因而深得民众爱戴。他的生平事迹在民间广泛流传，经演义加工后，成了许多戏曲节目的重要内容。

明朝嘉靖年间，社会风气腐败。达官贵人经州过县，除了酒肉招待之外，还要送上厚礼。那礼帖上写的是"白米多少石""黄米多少石"。其实这"白米""黄米"都是隐语，指的是白银多少两、黄金多少两。这样的风气蔓延开来，连一些公子衙内路过，地方也要隆重接待。

一天，总督胡宗宪的儿子，带着一队人马来到淳安。驿站官员不知道来者是谁，接待上稍有怠慢，惹得胡公子大怒，当场命令家丁把驿吏五花大绑吊在树上，用皮鞭狠狠抽打。淳安知县海瑞听说后，马上赶到驿站，见光天化日之下竟有如此无法无天之举，顿时义愤填膺。他大喝一声："住手!"立即命令给驿吏松绑。

胡公子的手下见"半路杀出个程咬金"，呼啦一下把海瑞团团围了起来。胡公子趾高气扬，挥着马鞭说："你知道大爷是谁吗?"

海瑞理直气壮、义正词严地指斥道："不管你是谁，都不准在我管辖的地方胡作非为!"

胡公子手下的家丁威吓说："狗官，你瞎了眼！这是胡总督胡大人的公子!"

海瑞一听，心中早已有谱。他冷冷一笑，说："哼，以往胡大人来此巡查，命令所有地方一律不得铺张。今天看你们如此行装威盛，如此胡作非为，显然不是什么胡大人的公子，定是假冒的!"说时迟那时快，海瑞挥手喝令将胡公子捉下，驱逐出境，并把他沿途勒索的金银财物统统充公。

事后，海瑞马上给胡宗宪修书一封，一本正经地禀告说："有人自称胡家公子沿途仗势欺民。海瑞想胡公必无此子，显系假冒。为免其败坏总督清名，我已没收

其金银，并将之驱逐出境。"

胡宗宪是一代抗倭名将，他收到信后并不怪罪海瑞。就这样，海瑞巧妙地制服了胡公子的巧取豪夺。

◆ 海瑞一生刚正不阿，在老百姓当中流传着这样一段称颂他的歌谣："海刚峰，不怕死，不要钱，不吐刚茹柔，真是铮铮一汉子！""不吐刚茹柔"，意思是不吐出硬的、吃下软的。它高度评价了海瑞不畏权贵的硬骨头精神。

27. 秦良玉女中丈夫

秦良玉，字贞素，四川忠州（今属重庆）人。自幼习文练武，善骑射，通诗文，有智谋。嫁与石柱宣抚使马千乘为妻，随夫出征。夫死代领其职，统兵严峻，所部号"白杆兵"。泰昌元年（1620），为抗击后金军遣兄救援沈阳；次年，出家财为军资亲率3000精兵北上镇守山海关；不久，回蜀解成都之围并乘胜收复重庆，因功升都督佥事，充总兵官。崇祯三年（1630），再出家财济饷率兵驰援京师。后金军退去，崇祯帝召见赐诗，以褒其功。清军入关南下，她坚持抗清，被南明隆武帝加封太子太保、忠贞侯，领"太子太保总镇关防"官印。

在中国历史上，只有秦良玉一个奇女子，正式被当朝皇帝册封为将军。

秦良玉，字贞素，明万历二年（1574）出生于四川忠州鸣玉溪一个苗族大户人家。秦家深受汉文化的影响，同时也保持着苗族强悍崇武的特点。父亲秦葵是贡

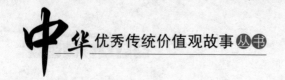

生出身，饱读诗书，见多识广，算得上是一方名士。秦家三男一女，秦良玉居于第三，是家中唯一的女孩，尤其得到父亲钟爱。秦葵预感大乱将至，认为女孩子也应习兵自卫，以免在兵火战乱中"徒为寇鱼肉"。

比起几个兄弟来，秦良玉更是禀赋超群。秦葵不禁叹息道："可惜孩儿你是女流，否则日后定能封侯夺冠。"秦良玉慷慨朗言："倘使女儿得掌兵柄，应不输平阳公主和冼夫人。"秦良玉成人后，嫁与石柱土司马千乘。这位马土司乃是汉朝"马革裹尸"的伏波将军马援的后人。

万历二十七年（1599）播州宣慰使杨应龙割据地方，鱼肉乡里，朝廷调他东下抗倭援朝，他非但拒不出师，反而乘机煽动叛乱。次年二月，朝廷集结重兵，兵分八路围剿叛军，作为地方土司的马千乘以三千石柱兵从征，跟随明朝四川总督李化龙讨伐叛军。石柱兵皆持一种特制长矛，矛端呈钩状，矛尾有圆环，攀缘山地险峻地形时，前后接应搭接，敏捷如猿。由于他们的矛杆皆以无漆的白杆制作，时人称之为"白杆兵"。依理，马千乘率兵三千从官军，已经尽到了土司对中央朝廷的义务，但秦良玉为解国难，又统精卒五百人，自备军粮马匹，与副将周国柱一起在邓坎（今贵州凤岗）扼守险地，持弓援剑杀贼。在平叛战争中，秦良玉初露锋芒，所率"白杆兵"大显神威，像演杂技一样矛钩搭连，攀崖越岩，"连破金筑七塞，取桑木关，为南川路战功第一"。为此，四川总督李化龙大为叹异，命人打造一面银牌赠予时年26岁的秦姑娘，上镌"女中丈夫"四个大字，以示表彰。

万历四十一年（1613）马千乘被太监邱乘云诬陷，冤死云阳狱中，朝廷因秦良玉屡立战功，遂令袭职，代领石柱宣抚使。从此秦良玉卸裙钗、易冠带，侍女卫队皆戎装雄服，南征北讨，声威远震。

万历四十四年（1616），女真酋长努尔哈赤在赫图阿拉（今属辽宁）建立后金，开始连连发动对明朝的进攻。两年后，萨尔浒一役，明军惨败，诸营皆溃，东北告急，明廷在全国范围内征精兵援辽。秦良玉闻调，立派其兄秦邦屏与其弟秦民屏率数千精兵先行，她自己筹马集粮，保障后勤供应。为此，明廷授秦良玉三品官服。

沈阳之战，秦氏兄弟率"白杆兵"率先渡过浑河，血战后金兵，杀敌数千，终于让一直战无不胜的后金军知晓了明军中还有这样勇悍的士兵，并长久为之胆寒。由于众寡悬殊，秦邦屏力战死于阵中，秦民屏浴血突围

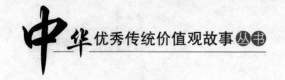

而出，两千多白杆兵战死。由此开始秦良玉手下的石柱"白杆兵"名闻天下。

得知兄长战死，秦良玉制一千多件冬衣配送给远在辽地的石柱兵，自统三千精兵，直抵榆关（今山海关）布防，控扼后金入关咽喉。明廷兵部尚书张鹤鸣为此专门上奏天启帝，追赠死难的秦邦屏都督佥事，立祠祭祀。不久，明廷又诏加秦良玉二品官服，封诰褒奖。

崇祯二年（1629）十二月，后金皇太极攻榆关不入，便率十万后金军绕道长城喜峰口，攻陷遵化，进抵北京城外，次年又向东攻占永平、滦州、迁安三城，形势极为险峻。崇祯皇帝匆忙下诏征调天下兵马勤王。

秦良玉得到十万火急的勤王诏书之后，火速"出家财济饷"，即刻提兵赴难，星夜兼程北上，直抵宣武门外屯兵。当时，闻诏而至的各路勤王官军共二十万有余，均屯驻在蓟门近畿一带。明军畏惧后金兵的狠武，互相观望，畏缩不前，无人带头出战。秦良玉的"白杆兵"人数虽仅有数千，但一直为后金兵所忌惮。昔日浑河血战，让后金兵们再也忘不了这些身材矮小手持超长锐矛的士兵。因此，"白杆兵"呐喊冲杀之际，后金兵心自发怯，加上明军中又有孙承宗等老将配合，最终迫使皇太极连弃滦州、永平、迁安、遵化四城，撤围而去。秦良玉奋勇出战，解除了后金对北京的威胁，加之当时来自全国各的地勤王军队中只有川军是女将领兵，让交战双方大开了眼界。

崇祯皇帝派特使携大批酒肉犒赏川军。崇祯皇帝在平台召见了富有传奇色彩的女将军秦良玉，感慨万千地写下了四首诗并御笔亲誊，赐给了秦良玉：

一

学就西川八阵图，鸳鸯袖里握兵符。
古来巾帼甘心受，何必将军是丈夫！

二

蜀锦征袍手剪成，桃花马上请长缨。
世间多少奇男子，谁肯沙场万里行？

三

胡虏饥餐誓不辞，饮将鲜血带胭脂。
凯歌马上清吟曲，不是昭君出塞时。

四

凭将箕帚扫虏胡，一派欢声动地呼。
试看他年麟阁上，丹青先画美人图。

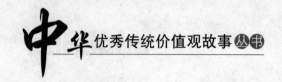

崇祯皇帝有生之年，享国日浅遭逢多难，很少有闲情逸致吟诗作赋。除赠秦良玉的四首诗诗外，仅有一首赠杨嗣昌的五绝诗传世。迢迢西南边陲一位女土司，竟能得皇帝面见赐诗，秦良玉当数古往今来第一人。

直到今天，北京宣武门外当年秦良玉驻兵之处，仍保留有"四川营胡同""棉花胡同"一类的地名。

28. 顾炎武奔走抗清

顾炎武，著名思想家、史学家、语言学家，与黄宗羲、王夫之并称为明末清初三大儒。本名继坤，改名绛，字忠清；南都败后，改炎武，字宁人，号亭林，自署蒋山佣。南直隶苏州府昆山（今属江苏）人。参加昆山抗清义军，败后漫游南北，曾十谒明陵，晚岁卒于曲沃。

顾炎武于明万历四十一年（1613）生于昆山千灯镇。顾氏为江东望族，顾炎武过继给去世的堂伯为嗣。寡母王氏，十六岁未婚守节，独力抚养顾炎武成人，教以岳飞、文天祥、方孝孺忠义之节。

清兵入关后，顾炎武经由昆山县令杨永言推荐，投入南明朝廷，任兵部司务，"须知六军出，一扫定神州"。顾炎武把复仇的希望寄托在弘光小朝廷之上。他满腔热忱，"思有所建白"，撰成《军制论》《形势论》《田功论》《钱法论》，即著名的"乙酉四论"，为朝廷出

谋划策。针对南京政权军政废弛及明末种种弊端，从军事战略、兵力来源和财政整顿等方面提出一系列建议。

顺治二年（1645）五月，顾炎武取道镇江赴南京就职，尚未到达，南京即为清兵攻占，弘光帝被俘，南明军崩溃，清军铁骑又指向苏、杭。其时，江南各地抗清义军纷起。顾炎武和挚友归庄、吴其沆投笔从戎，参加了金都御史王永祚为首的一支义军。诸义军合谋，拟先收复苏州，再取杭州、南京及沿海，一时"戈矛连海外，文檄动江东"；可惜残破的南明军队实在不敌气焰正炽的八旗精锐，义军攻进苏州城即遇埋伏而溃败，松江、嘉定亦相继陷落。顾炎武潜回昆山，又与杨永言、归庄等守城拒敌；不数日，昆山失守，死难者多达四万人，吴其沆战死，炎武生母何氏右臂被清兵砍断，两个弟弟被杀，顾炎武本人则因城破之前已往语濂径而侥幸得免。九天后，常熟陷落，顾炎武嗣母王氏闻变，绝食殉国，临终嘱咐炎武："我虽妇人，身受国恩，与国俱亡，义也。汝无为异国臣子，无负世世国恩，无忘先祖遗训，则吾可以瞑于地下。"

安葬了王氏后，这年闰六月，明宗室唐王朱聿键在福州称帝，年号隆武。经大学士路振飞推荐，隆武帝遥授顾炎武为兵部职方司主事。由于嗣母新丧，顾炎武此时难以赴任，只能"梦在行朝执戟班"。当时，清松江提督吴胜兆与巡抚王国宝不和。前明兵科给事中陈子龙、成安府推官顾咸正、兵部主事杨延枢等暗中策动吴胜兆举义反正，顾咸正为顾炎武同宗长辈，陈子龙等都与顾炎武往来密切，这件事顾炎武也是参与了的。顺治四年（1647）夏，事情败露，"几事一不中，反覆天地黑"，吴胜兆被解往南京斩首，清廷大肆搜捕同案诸人。陈子龙往投顾炎武，顾炎武当时已离家出亡；于是子龙逃入顾咸正之子家中躲藏，不久即被逮，顾炎武虽多方营救，未能奏效。其间，顾炎武还往寻顾咸正，催促他及时出走，而顾咸正不听。结果，陈子龙乘差官不注意时投水自尽，杨延枢及顾氏父子先后遇害，受此案株连而死者四十余人。

在策动吴胜兆反正的同时，顾炎武还进行了其他一些活动。顺治三年（1746），顾炎武本打算赴福建就职方司主事之任，大约将行之际，路振飞派人与他联系，要他联络"淮徐豪杰"。此后四五年中，顾炎武"东至海上，北至王家营（今属江苏），仆仆往来"，奔走于各股抗清力量之间，"每从淮上归，必诣洞庭（按即太湖）告振飞之子泽溥，或走海上，谋通消息"，意图纠合各地义军伺机而动。

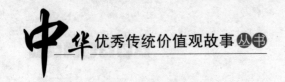

　　虽然弘光及闽浙沿海的隆武等南明政权先后瓦解，顾炎武亲身参与的抗清活动也一再受挫，但是，顾炎武并未因此而颓丧。他以填海的精卫自比："万事有不平，尔何空自苦，长将一寸身，衔木到终古。我愿平东海，身沉心不改，大海无平期，我心无绝时。呜呼！君不见，西山衔木众鸟多，鹊来燕去自成窠。"

　　◆ 顾炎武有名言："天下兴亡、匹夫有责。"明清交替之际，顾炎武以一代大儒之身奔走南北，联络抗清力量，表现了他心存故国、希望建功立业的爱国志向。

29. 郑成功收复台湾

郑成功，明末清初军事家，民族英雄。本名森，又名福松，字明俨，号大木，福建省南安市石井镇人。郑成功一生，以赶走荷兰殖民主义者、收复祖国领土台湾的业绩载入史册。

明永历十五年（1661）二月至十二月，南明延平王郑成功由福建厦门渡海，收复了被荷兰殖民主义者侵占的台湾。经过穿越鹿耳门、登陆禾寮港、水陆战台江、迫降赤嵌楼、海战破荷舰、攻台获全胜等阶段，最终击败了荷兰殖民者。

台湾是中国固有的领土，位于东南海中台湾海峡的另一侧，距厦门300公里，南接东山、海南、南海诸岛，北连马祖、大陈、舟山群岛，被称为七省之藩篱、东南之锁钥，战略位置极为重要。早在公元230年，吴王孙权便派将军卫温、诸葛直，率甲士万余，航海到达台湾。元代在澎湖设巡检司，管理台湾与澎湖列岛。

　　17世纪上半叶，荷兰殖民主义者大规模侵掠亚洲，锋及台湾。明万历三十二年（1604）荷军侵入澎湖，筑城，被驱逐；天启二年（1622）荷军侵入澎湖，被驱逐；天启四年（1624），荷军再次入侵台湾，在台湾西南部一鲲身（即大员岛）东岸修建红毛城，后至该城西修筑乌特利支堡。清顺治年间，荷军又筑赤嵌城。

　　与台湾隔海峡相望的金门、厦门，是南明延平王郑成功抗清之基地。郑成功之父郑芝龙早年从台湾发迹时，荷、郑双方便于海外贸易发生尖锐矛盾。顺治十二年，郑成功对台实行经济封锁，"夷多病疫""货物涌贵"。两年后荷兰殖民者屈服，贡饷银、硫黄、箭坯等，郑成功方取消禁令。顺治十六年，郑成功率师北伐南京失败，南明永历帝亦被清军逐入缅甸，云贵尽失，郑成功便把目光转向台湾，考虑收复台湾，连金厦而抚诸岛，进则可战而复中原之地，退则可守而无内顾之忧。顺治十八年正月，增防台湾的荷兰舰队司令樊特朗返回巴达维亚（今属印度尼西亚），台湾兵力空虚；驻舟山、福建的清八旗军亦先后调回北京。郑成功于正月间召集军事会议，决定渡海东征台湾。

　　要收复台湾，需渡海作战，背水攻坚。郑成功为此进行了充分周密的准备，了解敌情、筹备粮饷、改编部队、督造战船、加强训练。

顺治十八年（1661）三月初一，郑成功在金门举行了隆重的"祭江"誓师仪式，表达了收复台湾的坚定决心。三月二十三，郑成功率领第一梯队从金门料罗湾出航。郑军船队浩浩荡荡向澎湖进发，于次日清晨越过风浪险恶的黑水沟驶抵澎湖。郑军各部驻扎澎湖各岛，等待风顺时再向台湾开进。岛上的老百姓听说是郑成功收复台湾的军队，便带着鱼虾猪羊前来慰问，并自愿作先锋船的向导。

三月二十七，水军继续航行，行至柑桔屿海面时，遭风雨所阻，被迫折回。在候风期间，郑成功视察各岛地形并下达命令，重申攻台目的。他还鼓励从征将领，"勿以红毛火炮为疑畏，当遥观本藩鹢首（指座舰）所向，鱼贯而进。"但一连几天，风雨仍然不停。粮食供应也发生了困难，虽然岛上老百姓把自己的口粮也送给部队吃，但杯水车薪，无济于事。如果继续滞留澎湖，不仅部队要断炊，而且会延误登陆时机。于是，郑成功不顾有些将领的劝阻，当机立断，决定冒雨开船。

三月三十晚，郑成功率领水师启航。此时，"风雨稍间。然波浪未息，惊险殊甚；迨至三更后，则云散雨收，天气明朗，顺风驾驶"。

　　四月初一拂晓，郑军船队抵达鹿耳门港外。郑成功换乘小船，由鹿耳门登上北线尾，踏勘地形，派出能潜水的士兵进入台江进行侦察。进入台江有两条航道：一条是一鲲身和北线尾岛之间的南航道，口宽水深，但有敌舰防守，又为陆炮所瞰制，不易通过；另一条是北线尾岛北端的鹿耳门航道。北航道口窄水浅，水中淤沙，舰船触之即碎，荷军还沉船堵塞，只有在涨潮时才能通过，因此荷军没有设防。

　　根据该地的潮汐情况，初一、十六为大潮，水位比平时要增高五六尺。郑军之所以急于从澎湖冒风浪出航正是为了乘初一大潮通过鹿耳门。当天中午，鹿耳门水道果然满潮。"成功大喜，放炮擂金鼓，打招旗，与后面船只好看跟踪，又密令何斌坐斗头，按图迂回，教探水者点篙，徐徐照应，转舵扬帆"，顺利地通过鹿耳门，进入台江。荷军以为郑军会从南航道实施正面进攻，所以只在南航道岸上架设了大炮。郑军出其不意地从鹿耳门开进台江后，荷兰殖民者面对密布在江上的郑军战船惊慌失措，忙派夹板船阻击，并以赤嵌楼炮台发炮拦击。当晚，郑军突破荷军的火力拦阻，只用了不到两个小时，就在禾寮港登陆，扎下营寨，准备从侧面进攻赤嵌楼。同时，在鹿耳门也登陆扎营，以防北线敌军进攻。台湾的汉族和高山族人见郑军到达，争先恐后地出来迎接，用货车和其他工具帮助他们登陆。高山族南北路村社的同胞闻风接踵而至，"男妇壶浆，迎者塞道"，热烈欢迎和响应国家军队收复台湾。正是由于台湾人民的大力支持，郑军得以顺利登陆。

郑军顺利登陆后，荷兰侵略者的要塞赤嵌楼、台湾城以及一些战舰，便处于被分割包围状态。荷军官兵的战斗力虽不强，但荷兰侵略军却狂妄地自我安慰："25个中国人加在一起还抵不上一个荷兰士兵""只要放一阵排枪，打死其中几个人，他们便会吓得四散逃跑，全部瓦解。"荷兰侵略军企图凭借船坚炮利和城堡坚固，乘郑军立足未稳，实施反击，将郑军赶下海去。

四月初一晚，郑成功调整了兵力部署，为从海、陆两面打败荷军的反击作好了准备。在海上，当荷军的4艘舰船企图阻击郑军时，郑成功以60艘战船将荷舰围起来，展开了激烈的炮战。荷军最大的"赫克托"号战舰被击沉，其他荷舰企图突围逃遁，被郑军灵活的战船包围。郑军很快追上敌舰"斯·格拉弗兰"号和"白鹭"号，士兵奋不顾身地同敌人展开了接舷战、肉搏战，用铁链扣住"斯·格拉弗兰"号的船头斜桅并登上甲板，敌舰被熊熊烈火吞没，敌通信船"马利亚"号在战斗失

败后逃往巴达维亚。

在陆战中，荷军也遭到惨重失败。战斗是在北线尾和赤嵌楼附近进行的。四月初三，郑军登陆北线尾后，荷兰舰长贝德尔率领240名士兵，乘船急驶北线尾，上岸后即分两路向郑军反击。北线尾是一个不到1平方公里的沙洲，南端对着台湾城，北端延伸到鹿耳门。贝德尔指挥荷军以12人为1排，成战斗队形向前运动，逼近郑军。这时，郑军在北线尾的部队约有4000人，郑将陈泽以大部兵力正面迎击，以七八百人迂回到敌军侧后，进行前后夹击。荷军腹背受敌，手足无措，争相逃命。贝德尔上尉被击毙，荷军被歼180多人，其余的人逃回台湾城。荷兰侵略者承认，"假如没有那只停在海岸附近的领航船就近接应，必将全军覆没，没有一个人回来报告战斗经过"。

四月初二，揆一应被围的赤嵌楼守军的请求，曾命阿尔多普上尉率200名士兵渡海增援，企图解赤嵌楼之围。郑成功出动"铁人"迎击。这些"铁人"双手挥舞大刀，头戴铁盔，身着铁铠甲，脚穿铁鞋奋勇向荷军砍去。200名荷军士兵只有60名上了岸，其余都被"铁人"消灭了。阿尔多普见势不妙，赶紧率残部逃回了台湾城。

荷军在连遭失败之后，被迫龟缩在赤嵌楼和台湾城，再也不敢出战。郑军乘胜围攻赤嵌楼，并切断了荷军水源。描难实叮被迫率部投降，受到郑军宽待，并派往台湾城劝降。揆一拒降，并妄图以年年纳贡并奉送劳师银10万两为条件，诱使郑军撤出台湾。对此，郑成功予以严词驳斥，并强调指出"土地我故有，当还我。"

四月初七，郑成功亲自督师围攻台湾城。郑军粉碎了荷军的反击，在台湾沿海立住了脚。台湾城，即热兰遮堡，四隅向外突出，置炮20尊；南北各置千斤巨炮10尊。荷军火炮密集，射程远，封锁了周围的每条道路，所以无论从哪一个方向接近，都要受到城上炮火的轰击。

郑成功占领赤嵌楼后，即督师移驻鲲身山（一鲲身至七鲲身的总称），准备进攻台湾城。四月初四，郑军从左翼逼近台湾城。荷军一部赶至七鲲身进行阻击，未及列阵对垒即被藤牌军冲垮，死伤过半，剩下的士卒退守台湾城。郑成功令士兵立栅，设炮台，加强对七鲲身的防守。四月初七，郑成功指挥主力渡海移驻一鲲身，从南端进攻台湾城。在郑军进逼下，台湾城一片混乱。荷兰侵略者在街市放火，妄图"把全市燃成灰烬"，被郑军扑灭。这时，守城的荷军兵力只有870人，据城继

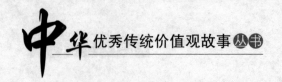

续顽抗。郑成功给揆一写信令其投降遭拒后，以28门大炮猛轰台湾城，摧毁了城上的大部胸墙，击伤许多荷军。荷军用火炮进行齐射，迫使郑军后退。郑军弹药告乏，部队伤亡较大。荷军乘势从城中冲出妄图夺取郑军大炮，被郑军弓箭手击退。

郑成功鉴于台湾城池坚固，强攻一时难以奏效，为了减少部队伤亡，进一步做好准备，决定改取长围久困、且耕且战的方针。他一面派兵驻扎台湾街围困荷军，一面把各镇兵分散到各地屯垦，以解决军粮不足的困难。

五月初二，郑军第二梯队船20艘、兵6000人抵达台湾，并从台湾城南面逼近该城城堡。郑军在兵力得到加强、供给有了补充之后，从五月初五开始，在所有通向城堡的街道都筑起防栅，并挖了一道又宽又深的壕沟，以利对荷军的围困。同时，还准备了攻城器械和炮具。六月初，郑成功又写信给揆一谕降，但荷军仍拒绝投降。

此时正值南季风期，台湾荷军无法派船南去传递消息。直到五月二十八，被郑军击败的"马利亚"号通信船经过50多天的逆风行驶才逃到巴达维亚，报告了荷军在台湾战败的消息。巴达维亚当局立即调集700名士兵、

10艘战舰，于六月初十出发赴台湾增援，七月初五到达台湾海面。次日，荷兰舰队冒着风浪只卸下25名士兵和220磅火药等作战物资，即因风浪过大而转移。至七月十五日，风势减弱，有5艘战船进入航道在台湾城前碇泊，并卸下了大批士兵和作战物资。小艇"厄克"号触礁沉没，艇上荷军士兵被郑军俘虏。郑成功从俘虏口中得知荷兰援军兵力情况后，抓紧进行围城和打援的部署。

闰七月二十三，双方在海上接战。郑成功亲统水师在海上迎击荷舰。荷舰企图迂回郑成功水军侧后焚烧郑军船只，却反被郑军包围。郑成功水军一部隐蔽在岸边，当敌舰闯入埋伏圈后，火炮齐发，经过激战击毁、烧毁荷舰2艘，俘小艇3艘，使荷兰援军"损失了一个艇长、一个副官、一个军曹和128（一说480）名士兵，另有一些人负伤"。陆上荷军曾一度出动袭击七鲲身，被郑军伏兵击退，从此未敢再发起进攻。其余来援的荷舰逃往远海，再也不敢靠近台湾城。

被围荷军粮草匮乏，士气低落，不少士兵吃了发霉的食物而中毒，有一些还患有各种疾病，战死、病死、饿死者达1600多人。郑军则进行休整，不断加筑工事，架设巨炮，准备继续攻城。民众还协助郑军断绝了荷军

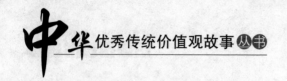

的水源。荷军的处境更加困难，能作战的士兵只600人，而且多分布在城堡、外堡和木栅担负守卫任务。城内荷军待援无望，士气更加低落，有些人投奔郑军，"以救活命"。郑成功从这些降兵中了解到荷军设防的详细情况，便修订了攻城计划，除在鲲身山集中兵力外，还增建了三座炮台，共配备28门巨炮，并挖了许多壕沟。

郑军围困台湾城8个多月后开始发起总攻。主攻目标是乌特利支堡。该堡是台湾城周围的外堡之一，坐落在台湾城南侧一个小山上，位置险要，是控扼台湾城的锁钥。荷兰人认为，该堡一旦被占领，"热兰遮城堡（台湾城）也必将失陷"。十二月初六清晨，郑成功下令炮轰乌特利支堡。经两小时激战在南部打开了一个缺口，当天占领了该堡。郑军立即将此堡改建成炮台，居高临下向台湾城猛烈轰击。荷军困守孤城，已是水陆援绝力竭难守。揆一见大势已去，决定投降。根据投降条约规定，揆一于十二月十三率部投降。至此，沦陷了38年的台湾重新回到祖国的怀抱。

郑成功驱逐荷兰侵略者收复台湾的伟大斗争，终于取得了胜利。

◆ 郑成功收复台湾，结束了荷兰侵略者的统治，捍卫了中华民族的利益。为中华民族维护祖国神圣领土的完整统一，写下了光辉篇章。

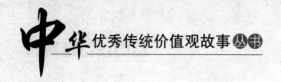

30.冯氏父女斗英寇

冯氏父女，北京谢庄人，祖籍山东。咸丰十年（1860），英法侵略军占领北京以后，四处掳掠，冯三保与十九岁的女儿冯婉贞一起，带领民团打败英法军队，保护了谢庄百姓的生命和财产安全。冯三宝、冯婉贞的故事因而在民间得到广泛的流传。

1860年，英法联军从海上入侵中国，京城一片骚乱。

距圆明园十里处，有个谢庄，庄上住的都是猎户。庄中有个叫冯三保的，精通武术。他有个姑娘，叫冯婉贞，十九岁，自幼喜好武术，人长得也出众。这一年，谢庄办起团练（武装自卫组织），大家推举冯三保做头领，筑起石寨，竖起了一面旗子，上写"谢庄团练冯"。

一天晌午，侦察员报告敌寇来了。不一会，就见一个英国军官骑着马，率领着一百多印度士兵向庄子开来。冯三保命令民团的人将弹药装进枪膛，并告诫说：

"敌寇强劲，不要轻易射击，否则只能白白浪费弹药，无益于歼敌。千万注意！"这时敌寇已经逼近石寨，开始射击。寨中人却蜷曲着身子，一点也不动。又过了一会，敌寇离得更近了，冯三保见时机已到，立即挥动旗帜，下令"开火！"于是众枪齐发，敌人如落叶般纷纷倒下。等敌人再次射击，寨中人又趴伏下来，用石寨掩蔽自己。敌人攻了一阵，就撤退了。

战后冯三保很高兴，而冯婉贞却很忧虑。她对父亲说："小股敌人退了，大队敌人就快来了。假如敌人将大炮运来，我们庄不就被轰成粉末了吗？"冯三保听女儿这么一说，有点慌了，问："那怎么对付呢？"婉贞说："西方人擅于使用枪炮，却不擅长武术；枪炮有利于远距离射击，而武术有利于近距离格斗。我们庄十里之内都是平原，如果同他们比试枪炮，怎么敌得过呢？不如用我们的长处，对付敌人的短处，或许能免于庄毁人亡的灾难。"冯三保说："咱们庄上的人都算上，会武术的人也不过百人。用微不足道的百十人，投身于大队敌寇中，同他们搏斗，就如同孤羊进入狼群，小女孩子不要多说了！"婉贞暗自叹息说；"这样下去，我们庄离灭亡不远了！"

她串联、集合起庄上会武术的年轻人，动员他们

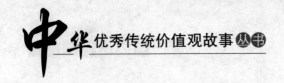

说；"与其坐而待毙，不如挺身而出自救。各位没有这意思就算了，如果有这意思，就听我的指挥。"大家情绪激昂，发誓跟她奋勇杀敌。于是，婉贞同他们都整装，穿上黑衣服，拿起刀剑出了庄，一个个就像猴子一样迅速敏捷。离庄四里处有片树林，浓荫蔽日，他们就埋伏在里面。过了一会，英寇果然抬着大炮来了，大约有五六百人。婉贞挥刀奋起，率领众人出击。由于突如其来，敌人惊恐慌乱，只好枪上刺刀应战。婉贞他们挥刀奋战，敌人远不如他们迅猛捷便，扔下一些尸体退却下去。婉贞大喊："诸位乡亲，敌人离开我们，是想用枪炮对付我们，使我们被动。马上追上去，不要错过时机！"于是众人追上去缠住敌人，相互混战搏斗，敌人始终不能放枪。到黄昏时分，被杀死的敌人不下百人，敌人终于丢下大炮仓皇逃遁。这样，谢庄从此安宁下来。

31. 石达开重义轻财

石达开，小名亚达，绰号石敢当，广西贵县（今属广西）客家人，太平天国名将，近代中国著名的军事家、政治家、武学名家。太平天国最富有传奇色彩的人物之一。他十六岁"被访出山"，十九岁统率千军，二十岁封王，英勇就义时年仅三十二岁。

石达开，太平天国的领袖之一。他在起义前是名秀才，能作诗，性豪侠，有一身好武功。

石达开曾教数百名弟子学习拳法。有一天，石达开喝完酒后，乘兴与门徒中武功最好的陈邦森比试武艺，约好各自身子背靠石碑，由陈邦森先出三拳，然后自己再还三拳。陈邦森拳击石达开，石达开的腹部像棉絮一样柔软，拳好像击到了石碑上，收拳后石达开的腹部又平复了。当石达开还击陈邦森时，陈邦森知道不可抵挡，侧身一躲，石达开一拳击到石碑上，石碑碎为几段。石达开的拳法由此远近闻名。

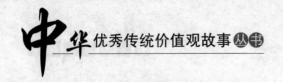

距离石达开家十余里的地方有一座山，正处在大路旁边。有一伙盗匪占据着这座山，杀人劫货，过路的客商没有谁能够幸免于祸。有位福建商人带着重货从此处经过，听说山上有强盗，非常忧虑，不知该怎么办。商人早就听说过石达开的大名，于是就前去拜访，说出了自己的苦恼，乞求石达开给予保护。石达开答应了，把福建商人先留在家中住下。

匪首听说后十分愤怒，带着一百多名强盗来到石达开家中，想要夺取商人的货物。石达开见强盗来了，就迎上去对匪首拱了拱手说："壮士！你们想要得到的是财物而已。只是我想，福建商人携带货物背井离乡，奔走在万里以外，为的只是十分之一的利润，也是够辛苦了。他失去自己的货物，怎么能回家呢？只有跳到深沟中寻死而已。我不忍心，所以才冒昧地替他说情。"于是问商人所带货物值多少两银子，商人说值五千两。石达开就从家中拿出五千两银子，放在桌子上，对匪首说："我姑且备上这份薄礼，就算替客商请命。倘蒙宽恕，客商领受您的大德，我也感谢您的盛情。"

匪首与手下的盗徒见此情景，互相瞪着眼瞧着，最后匪首说："人们都说石达开重义轻财，今天亲见，有谁能不信呢？我们的行为，显得没人味了。今天打扰了贵府，商人只管过道，不必顾虑。只是赐给我们的银两实在不敢接受，请允许我们就此告辞！"石达开非常高兴，备下酒席，款待强盗，也是为了给商人饯行。喝完酒，商人和强盗都告辞走了。

有对石达开不满的人得知此事，就密告给知县，说石达开勾结强盗。知县平时就早已嫉妒石达开家富有，想乘机敲诈勒索他一把，就立刻带领捕役前往，把石达开逮捕，关进大牢。石达开与杨秀清是莫逆之交，杨秀清听说石达开被捕，就带了一帮人前去劫狱，把石达开救了出来。不久，两个人就跟洪秀全起事造反了。

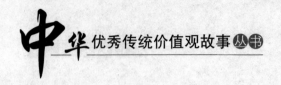

32.霍元甲惩戒群凶

霍元甲，清末著名爱国武术家。武艺出众，执仗正义，继承家传"迷踪拳"绝技，先后在天津和上海威震西洋大力士，是一位家喻户晓的民族英雄。他的一生虽然短暂，但却轰轰烈烈，充满传奇色彩。

清光绪年间，洋人在中国的土地上横行不法。天津是个大城市，又是北京的近邻，洋人多，洋人开办的工厂也不少。天津墙子河边的海光寺内就设有一家兵工厂，专门制造洋枪。

一天，厂门口来了一个卖花生的小贩，他在门口不断叫卖，希望卖了花生，好养活一家老小。他刚放下篮子，只见从门里走出三四个人，三下五除二将篮中的花生分了一空，也不给钱，又大摇大摆地回去了。小贩见拿了东西不给钱，急忙上前讨要，这些人不但不给，反而把小贩打了一顿。小贩无奈，一个人蹲在门口哭。

　　恰好此时霍元甲从此路过，见老汉可怜，上前寻问，小贩正无处求救，见有人问，便将事情的经过详细说了一遍。

　　霍元甲一向为人正直、见义勇为，对那些欺压百姓之人恨之入骨。他听了小贩的话大怒，说："这还了得，朗朗乾坤，青天白日，竟敢抢别人的饭碗，实在可恶。走！跟我要钱去！洋人且不可怕，难道还怕几条洋人养的狗不成？"

　　小贩刚被打了一顿，不敢去。霍元甲说："不用怕，有我呢，你只管骂他们，其他事由我来管。"小贩见霍元甲口气坚决，自己的胆子也大了起来，站在海光寺的工厂门口，高声骂起来。

　　看门的和抢东西的本来是一伙人，见小贩胆敢太岁头上动土，便找来一伙人打小贩。小贩见他们人多势众，吓得掉头就跑。这伙恶人跑在最前面的一个一把抓住小贩，举拳刚要打，霍元甲立刻抓住他的拳头说理。这些人根本不讲理，仍然要打小贩。霍元甲见这些人不讲理，立刻来个蹲裆式，使出扫堂腿一扫，这伙人倒了三四个。众人见霍元甲管闲事，放了小贩，把霍元甲围在中间，想靠人多取胜。霍元甲毫无惧色，左闪右跳，跳到了强子河边，开

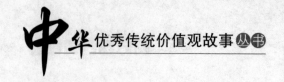

始反击。

众人见打了半天一拳也没打着霍元甲，反而伤了自家人，顿时恼羞成怒，像一群恶狼一样扑向霍元甲。霍元甲来了个燕子钻天，纵身跳出圈外，就势左右开弓，转眼间打倒一片。这些一向靠洋人欺负自己同胞的民族败类，从来没吃过这个亏，今天挨了打岂能甘休，便回厂内取了几条枪，想把霍元甲置于死地。

霍元甲见这些人要用枪，立即脱下上衣当武器，抡着上衣冲上去，转眼间把对方的枪夺过来，扔到河里。他刚想用自己的绝招惩处这帮恶人，只见厂里管事人走了出来，一拱手，道："霍大侠，你好你好。"霍元甲见了只好收了招式，管事的对那帮人一瞪眼，说："混蛋，竟敢同霍四爷动粗，还不干活去！"又对霍元甲说："四爷，这些人不知是四爷，多有得罪，快请屋里坐。""不必了！"霍元甲一挥手，说："你的人欺压百姓，当街行抢，礼当赔钱道歉。"说完又将事情的经过说了一遍。

管事的自知理亏，更知道霍元甲专管不平事，无论是谁做坏事被他撞上非砸不可，于是也不讲条件，照数给了小贩钱。小贩千恩万谢，辞别了霍元甲，回家去了。

33. 韩慕侠降服康泰尔

韩慕侠，原名韩金镛，是当年和霍元甲同乡并齐名的武术大师，光绪二年（1876）出生在天津西青区王稳庄乡大泊村一个贫苦的农民家里。

清朝末年，清政府腐败，八国联军入北京，清政府签订了丧权辱国的卖国条约，外国人在中华大地上横行不法，就连外国武术界也在中国摆擂台，欺我中华无人。

1908年4月的一天，北京的一座公园内搭起了擂台，俄国人康泰尔仗着自己力气大，手帕上挂满了金币，声称凡是打败他的便可得一枚金币。

清政府虽然无能，可是中华百姓并不是无骨气之人任人羞辱。围观的人无论是懂武功的还是不懂武功的，都有一个共同的心愿，那就是打倒康泰尔，为中华民族争口气。

半个小时过去了，台下无人敢上，康泰尔满脸骄态，通过翻译说："康泰尔是俄国第一高手，他曾遍游四十六国，无人能敌。今天是最后一天在中国摆擂台，若无人敢上，康泰尔便成了打遍世界无敌手的英雄。"

翻译的话音刚落，只见一矮小的青年跳上台，说："我叫韩慕侠，天津南开大学武术教师，今天愿与康泰尔一决高下。"

康泰尔低头一看，摆手说："不行不行，太小太小。"

翻译告诉他说康泰尔嫌他小。韩慕侠心想：别管大小，胜者为王，我今天非为中国人争口气不可。他对翻译说："请你转告康泰尔，就说我韩慕侠个子虽然不高，可是打他如同猫抓老鼠。"翻译不敢不译，康泰尔听了大怒，脱去了上衣便要动手。

康泰尔刚摆好架势，突然想起了义和团，当年俄军与义和团一战，若不是凭武器先进，非失败不可，中国武术不可轻视。于是他心生一计，提出三个条件：一不准用拳击；二不准用指戳；三不准用腿勾。想以此限制对方。台下数千观众异口同声，不让韩慕侠同意这三个条件。

不料，康泰尔今天算是遇到了高手，韩慕侠毫不犹豫地答应了这三个条件。其实，韩慕侠的绝招是八卦

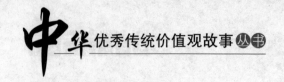

掌，只要一掌下去，轻者伤、重者亡。康泰尔对中华武术知道得太少，不知道力气不是唯一取胜的办法。

康泰尔见韩慕侠答应了条件，心中得意，立刻扑向韩慕侠，想要出奇制胜一个回合就将对方摔下台去。韩慕侠面带微笑，待康泰尔到近前，自己轻轻一跳，康泰尔扑了一个空，差点摔倒。半天回过身来又是一扑，韩慕侠又是一跳躲过。如此几个回合，康泰尔的勇气用去了一半，韩慕侠这才出招。只见他虚晃一招，一掌向康泰尔胸前打去，康泰尔刚要抓韩慕侠的手腕，怎奈这一掌十分迅速，重重地打在康泰尔的前胸，扑通一声倒在地上，哇地一声吐出一堆黄水，过了好半天儿才爬起来。

不过康泰尔还算识趣，就此认输，将金币统统交给了韩慕侠。韩慕侠所为岂为金币？他是替中国人出气，所以事后他将钱捐给了慈善事业。

34. 王五仗义除恶

王五，京师武林名侠。本名王正谊，字子斌，祖籍河北沧州。因他拜李凤岗为师，排行第五，人称"小五子"；又因他刀法纯熟，德义高尚，故人人尊称他为"大刀王五"。王正谊一生行侠仗义，曾支持维新，靖赴国难，成为人人称颂的一代豪侠。位列民间广泛流传的晚清十大高手谱中，与燕子李三、霍元甲、黄飞鸿等著名武师齐名。

清代末年，外乱内祸不断，再加上统治阶级的腐败，那真是好人受气，坏人横行。不过朗朗乾坤，大千世界，总有英雄好汉应运而生，仗义行侠，为民申冤。

清时的天津叫天津卫，城中店铺林立，酒馆比邻。城中有一条街叫估衣街，这街中有一家不大不小的酒店，老板为人正直，所以店内的生意很红火。

一日中午，忽从门外进来一位彪形大汉，生得虎背熊腰，目光如电。这人进门就喊饿，忙三火四地催店小二上酒菜。他的对桌是一位书生，见这人喊饿，便主动将自己的酒递了过去，又从怀里掏出一方古砚，让店小二当了钱买酒菜。古砚盘龙描龙，龙眼上有一颗明珠，那大汉和店小二都知这是一件宝贝，急忙劝阻，可是这书生非要当了不可。酒过三巡，书生已醉，他一会儿哭一会儿笑，十分哀伤，店主与店小二见了都摇头叹气。那大汉见书生哭笑中透出绝望，知道有事，急忙问店主与店中客人。

原来这书生，名叫方仁，家中薄有田产，已与天津近郊杨柳青镇的一名女子侯月梅订婚，只等方仁中举人便结婚。天津是藏龙卧虎之地，也是恶人的天下，城里有一个叫蔡胖子的富商，倚仗有钱，横行不法。他的儿子蔡天庆更是无恶不作，只要见到哪个女子稍有姿色，必抢回府中。一次蔡天庆到杨柳青打猎，从侯月梅的家门前经过，恰好月梅在院中晾衣服。蔡天庆见此女貌美，一声令下，抢回城中。方仁听说未婚妻被抢，立刻写状子到县衙、府衙告状，怎奈蔡家势力大，状纸递上去竟如石沉大海，半年过去了也无消息。今日正在店中借酒浇愁，见有人在对面坐下，急着催吃催喝，便将自己的酒递过去，还买酒菜招待。那砚便是侯月梅和方仁的定亲信物，如今方仁心灰意冷，决定卖掉信物，一死了之。

那大汉听了事情的经过气得大骂，口口声声要找蔡天庆算账。店主怕走漏风声，更怕招惹是非，将二人让入后堂。方仁见大汉愿意拔刀相助，心中自然高兴，双方一通姓名，知道对方原来是威震天津的奇侠王五，心中大喜，知道未婚妻有救了。可又一想，蔡家势力通天，王五就是救出月梅，终究也难逃魔掌，开口道："义士的美意方某领情了，可是救出了又能怎样？仍然难逃一死。"王五笑道："先生放心，王五既然救得嫂嫂，自然有办法让兄嫂离开天津。不用先生做什么，只需回家收拾钱财，到水西庄房前有棵槐树的地方等我。"方仁忙问："义士如何救法？"王五道："后天是上元节，天津一定会办花灯，先生派一人入府见过夫人，让她随蔡天庆及宗眷出来观灯。我乘机下手，一定会抢回夫人。"方仁听了大悦，立刻依计而行。

事情到此也许有人还不知道王五是谁。王五是天津郊外水西村人，十一岁时跟一少林僧人学武，艺成后从不欺压乡民，反而杀富济贫，见义勇为，无论谁家有难，王五必舍身相助，在天津一带英名赫赫。

转眼间上元节到了，天津的大街小巷挂满了五彩缤纷的灯笼，看灯的人挤挤挨挨，满街都是。称霸一方的

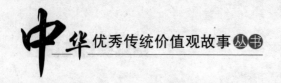

蔡家岂能不出来观灯？蔡天庆带着妻妾，其中也有侯月梅。半年来侯月梅死也不从蔡天庆，蔡天庆没有办法，只好关着。她头一天接到方仁的信，知道今天有人搭救，这才强颜欢笑，随众人前来观灯。

蔡天庆一行才到估衣街，忽见行人中有一个大汉分开众人，挟起侯月梅就走。蔡天庆本以为侯月梅回心转意，却突然被人抢去，忙令手下人去夺。怎奈这些人都不是王五的对手，眼睁睁看着侯月梅被王五抢走。

王五带着侯月梅回到水西村家中，方仁早已经等在此。夫妻相见，免不了抱头痛哭。王五办事向来有板有眼，立刻用船将二人送走，躲到了王五的姨家。蔡天庆见美人被抢，花钱买通刺客，欲害王五。不料王五艺高胆大，刺客没有得手。王五大怒，连夜闯入蔡府，杀了蔡氏父子，为天津除了两害。

35.顾汝章拦马惩洋人

顾汝章，江苏阜宁人，出生于一个贫苦农民家庭。其时国弊民穷，兵荒马乱。他八岁起从山东武士严蕴齐学艺，苦学十年，尽得严师真传，青年时代即以少林武术显名于苏、湘、浙、鄂等省，尤精于铁砂掌。1924年南京中央国术馆举办全国国术比赛，顾汝章夺得最优奖。

顾汝章，清末一代武术大师，以铁砂掌闻名天下。一次，他游广州欲以武会友。可是刚一进城，却见许多人身上带伤，心中十分不解，于是寻路人相问，才知是一洋人每日骑烈马横冲直撞，行人躲闪不及，不知有多少人被踏伤。顾汝章一向行侠仗义，听说此事后怒发冲冠，咬牙切齿，决心惩处洋鬼子。

次日，天刚蒙蒙亮，顾汝章便来到十字路口，专等洋人的到来。刚在路口站定便听到远处一阵马蹄声，只见一洋人骑一匹白马狂奔而来。洋人快马加鞭，朝人最

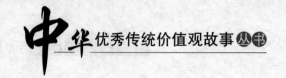

多的地方冲去。人们见了惊呼逃命，那洋人却十分得意。

顾汝章见状，气得青筋暴起。他迎着马站在路中央，一双眼睛怒视着洋人。那洋人见有人拦路，冷笑了一声，丝毫不把顾汝章放在眼里，不但不勒马绕行，反而扬鞭催马，直奔顾汝章而来。行人见状大惊，急叫："好汉快躲!"顾汝章毫不在意，待马到近前，轻轻一跃，侧身让过马头，翻身一跳，竟上了马背，坐到了洋人的身后。

洋人以为自己撞倒了顾汝章，可四下一看，并不见顾汝章。他正在奇怪，却有人在他肩上拍了一下。洋人回头一看，吓得"啊"了一声，原来自己不但没有撞伤拦路人，他反而神秘地到了自己的马上。洋人有些害怕，急忙勒住马头，跳下马来。

顾汝章并不在意，也不与洋人论短长，拨马要走。洋人顿时慌了手脚，双手一把抓住缰绳，死死不放，说："这是我的宝马，你敢骑走?"顾汝章一笑说："这是我中华宝地，你敢胡作非为?"洋人自知理亏，一时答不上来，周围的百姓见洋人被治住，从四面八方围了上来，都指着洋人的鼻子数说他的罪行。洋人见众怒难犯，便说顾汝章要抢他的宝马，非拉顾汝章到警察局评理。顾汝章跳下马来对洋人说："这是我中华国土，非你的西洋国，别说是警察局，就是上天庭，老子也奉陪。"

到了警察局，洋人来个恶人先告状，一口咬定顾汝章骑了他的马，非让顾汝章赔偿不可。顾汝章也不争辩，冷笑说；"就算是我骑了你的马，怎么个赔法？难道还得赔你一匹马不成？"洋人自知理亏，但又觉得这个中国人竟敢当街拦路，扫了自己的兴，眼珠子一转，说："马不用赔，可也不能让你白骑。这样吧，你骑了它，就让它踢你一脚。"顾汝章听了洋人的话，哈哈大笑，说："好！就让你的马踢我一脚。不过，它每天不知撞伤了多少人，也得让我拍它一巴掌，就算是对它伤人的处罚。"洋人不知顾汝章掌上功夫的厉害，心中反而高兴，以为自己的马身高力大，这一蹄子可踢穿手掌厚的铁板，只怕一蹄下去你非见上帝不可，哪还有机会再拍马一掌。洋人越想越得意，立即让警察局立下公证，双方若有死伤，责任自负。双方在文书上签了字，顾汝章也不争辩，一切照办。

洋人牵着白马向前走了十来步，然后大喝一声；"起！"白马凌空跃起，两只前蹄直奔顾汝章的面门而来。白马的前蹄还未碰到顾汝章，只听"啪"的一声，

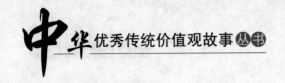

白马不知为什么反而被弹了回去，一连倒退六七步，差点倒在地上。洋人手握缰绳被向后拖了很远，重重地坐在地上。顾汝章说："白马呀白马，看来你的主人还是没有训练好你，你若踢死我，可就不用吃我一掌了。"说完，顾汝章也不征求洋人的意见，走到白龙马跟前，抬起右手照着白龙马的前额就推了一掌。只见白马惊嘶一声，跃起足有一人多高，然后扑通摔倒在地上七窍流血，死了。

洋人惊叫着扑向白马，顾汝章却拿起公证书，大模大样地走出了警察局。

36. 秋瑾志在革命

秋瑾，近代民主革命志士。出生于福建厦门。原名秋闺瑾，字璇卿，后改名竞雄，又称鉴湖女侠，祖籍浙江山阴。性豪侠，习文练武，喜男装。曾自费东渡日本留学。积极投身革命，联络会党。

清光绪二十年（1894），秋信候任湘乡县督销总办时，将女儿秋瑾许配给今双峰县荷叶乡王廷钧为妻。光绪二十二年，秋与王结婚。秋瑾婚后大部分时间住在湘潭，也常回到婆家。这年秋天，秋瑾第一次回到家乡，当着许多道喜的亲友朗诵自作的《杞人忧》："幽燕烽火几时收，闻道中洋战未休；膝室空怀忧国恨，谁将巾帼易兜鍪。"以表忧民忧国之心，受到当地人们的敬重。光绪二十六年（1900），王廷钧纳资为户部主事，秋瑾随王赴京。不久，因为八国联军入京之战乱，又回到家乡。光绪二十九年，王廷钧再次去京复职，秋瑾携女儿一同前往。翌年，毅然冲破封建家庭的束缚，自费东渡

日本留学，先入日语讲习所，继入青山实践女校。

秋瑾在日期间，积极参加留日学生的革命活动，与陈撷芬发起共爱会，和刘道一等组织十人会，创办《白话报》，参加洪门天地会，受封为"白纸扇"（军师）。光绪三十一年归国。春夏间，经徐锡麟介绍加入光复会。七月，再赴日本，加入同盟会，被推为评议部评议员和浙江主盟人，翌年归国，在上海创办中国公学。不久，任教于浔溪女校。同年秋冬间，为筹措创办《中国女报》经费，回到荷叶婆家，在夫家取得一笔经费，并和家人诀别，声明脱离家庭关系。是年十二月，《中国女报》创刊。秋瑾撰文宣传女解放主张提倡女权，宣传革命。旋至诸暨、义乌、金华、兰溪等地联络会党，计划响应萍浏醴起义，未果。

光绪三十三年（1907）正月，秋瑾接任大通学堂督办。不久与徐锡麟分头准备在浙江、安徽两省同时举事。联络浙江、上海军队和会党，组织光复军，推徐锡麟为首领，自任协领，拟在浙江、安徽同时起义。因事泄，于七月十三日在大通学堂被捕。七月十五日从容就义于浙江绍兴轩亭口。

光绪三十四年，生前好友将其遗骨迁葬杭州西湖西泠桥畔，因清廷逼令迁移，其子王源德于宣统元年

（1909）秋将墓迁葬湘潭昭山。1912年，湘人在长沙建秋瑾烈士祠，又经湘、浙两省商定，迎送其遗骨至浙，复葬西湖原墓地。后人辑有《秋瑾集》。

1912年12月9日孙中山致祭秋瑾墓，撰挽联："江户矢丹忱，重君首赞同盟会；轩亭洒碧血，愧我今招侠女魂。"1916年8月16—20日，孙中山、宋庆龄游杭州，赴秋瑾墓凭吊。1979年8月宋庆龄为绍兴秋瑾纪念馆题词："秋瑾工诗文，有'秋风秋雨愁煞人'名句，能跨马携枪，曾东渡日本，志在革命，千秋万代传侠名。"

◆ 秋瑾为推翻专制帝制、创立民国而英勇献身，大智大勇，从容就义，不愧为女中豪杰。

37.张行静宁死不屈

张行静，出生于红安七里坪镇张必贵村一个农民家庭。1923年参加革命，同年在董必武创办的武汉中学读书，1924年加入中国共产党。1926年担任县农协执行委员，参加了著名的黄麻起义，随后在天津、湖南等地开展革命活动。1929年经河口返乡参加武装斗争时被捕入狱，英勇牺牲。狱中留有铿锵遗诗："人生一世万千差，继承光荣革命家，死不投降当叛逆，愿随先烈葬黄花。"

张行静1923年进入董必武、陈潭秋创办的武汉中学读书，该校是湖北地区传播马列主义和党的活动的重要基地。由于他聪明好学，如饥似渴地阅读了大量马列著作和进步书刊，思想进步很快。一天，他从董必武那里获得一本《共产党宣言》，如获至宝，立即盖上自己的印章。从此他手不释卷，阅读起来总是废寝忘食。他带着浓厚的兴趣，精心研读了一遍又一遍，书中留有很多他阅读时做的圈圈点点的着重记号，他还边研读边思考，写下了万余字的读书笔记。

在马列主义的熏陶和董必武的教育与培养下，张行静在入校的第二年就加入了中国共产党，成为党的忠实成员，成为学生中党的主要活动分子之一。1926年张行静从武汉中学毕业，带着《共产党宣言》，带着董老的期望，带着理想回到了家乡。

1925年回乡后，张行静在黄安第二国民小学任教。他以教师身份作掩护，在七里区杨山、柳林、福德等地进行革命活动。首先在家乡创办了一所平民夜校，他自编教材，组织农民学习，用深入浅出的道理，讲解《共产党宣言》的内容，宣传中国共产党的主张，以及农民革命的基本内容，教育人们反对帝国主义、反对封建势力。马列主义犹如春风吹进了闭塞的山村。

为了使农民进一步觉醒，张行静搜集了当地豪绅地主欺压农民的典型材料，编写、导演了两台"文明戏"，以形象、具体、生动的事例，揭露反动统治的狰狞面目，倾诉劳动人民的痛苦。这种形式对于宣传发动农民革命起了很大的作用。

1926年冬，在张行静的宣传和领导下，河汉乡建立了党支部和农民协会，农民运动如火如荼。

1927年春，他参加了黄安农民自卫军的组建工作。不久，任县农民协会执行委员，他率领农民自卫军执行多次重要任务，捉拿了黄安县议会会长李介仁等罪大恶极的土豪劣绅；赴县北杨山、周七家、阮家店一带抗击河南光山南下的反动"红枪会"匪；参加抗击西寨会反动武装斗争。他还作为县农协代表，参加了鄂豫边界之黄安、麻城、光山联合召开的"三县和平会议"，与到会人员一道起草了以"三县共同拿办土豪劣绅"为主要内容的十一条协议，为发展当地的武装斗争和农民运动作出了重要贡献。党的八七会议精神传到黄安后，张行静负责组织河汉乡防务委员会，率领乡亲举行了武装暴动，参加了著名的黄麻起义。

1927年12月，国民党十二军向黄麻起义地区发起疯狂进攻，张行静被列为悬赏通缉的共产党员之一，敌人称："有人捉到张行静，一两骨头一两金，有人密报张行静，管他一生不受贫。"此时，党决定将一批干部转入地下，以保存党的力量，张行静遵照上级指示，先后转移到天津、湖南等地秘密从事革命活动，转移前他将《共产党宣言》交给党员张行旺保管。

1929年3月，张行静根据指示，回乡参加武装斗争，不料，经河口曾家湾时被"清乡团"逮捕，敌人将他押送黄安县城监狱。在狱中，敌人采用软硬兼施的办法，首先备以丰盛酒席，并许以高官厚禄，企图动摇张行静的革命意志。张行静以一身正气，怒斥国民党罪行。一招不成，敌人又改用重刑拷打，威逼他退出共产党，写下自白书，张行静铁骨铮铮毫不畏惧，挺着胸，慷慨激昂地说："老子生是革命人，死是革命鬼，怕死不革命，要我退党，痴心妄想。"一遍一遍地审讯，一次又一次的酷刑，张行静丝毫没有屈服。

从张行静的首遗诗中，我们可以看出他钢铁般的意志：

人生一世万千差，继承光荣革命家，死不投降当叛逆，愿随先烈葬黄花。

5月18日清晨，刽子手还要做最后一次审讯，令他在赴刑场前做最后一次回答。张行静拖着沉重的脚镣，举起铐紧的双手，振了振伤痕累累的身躯，大声说："我回答了多次，今天仍然是：'怕死不革命，革

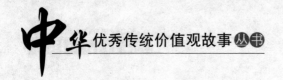

命不怕死！'但今天我要你们也答复几条：第一，给我备上三斤酒，我要死得风光满面；第二，我要家书一封，让家中明白，张行静死得光明正大；第三，革命者一人做事一人当，不许你们迫害他人；第四，我是革命者，死前要高呼口号，你们在场都要随之附和。"张行静的英雄气概使在场之敌无不为之变色。

　　1929年5月18日正午，黄安城东门外，张行静英勇就义，城区革命群众垂首落泪，悲痛万分。然而"共产党万岁！革命成功万岁！"的口号，在他们耳旁回荡；张行静宁死不屈、大义凛然的革命气节，在他们心中永存。

38. 红军飞夺泸定桥

这是中国工农红军长征中的一场著名战役，发生于1935年5月25日。当时中央红军在四川安顺场强渡大渡河沿大渡河左岸北上，主力则由安顺场沿大渡河右岸北上。红四团第2连连长廖大珠及22名突击队员，冒着枪林弹雨夺下桥头，与左岸部队合围占领了泸定城。中央红军主力随后从泸定桥上越过天险，粉碎了蒋介石歼灭红军于大渡河以南的企图。

1935年5月25日，红军在安顺场抢渡大渡河后，如果用仅有的几只小船将几万红军渡过河去，最快也要一个月的时间。然而国民党大军紧追不舍，形势十分严峻。危急之下，5月26日上午中央军委作出了夺取泸定桥的指令。其部署是：红一军团一师和干部团为右路军，由中央纵队及1、3、5、9军团为左路军，夹河而上攻取泸定桥。左路军由红二师四团为前锋，攻击前进。5月28日，红四团接到红一军团命令：限左路军于明天

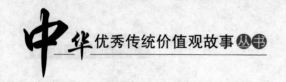
夺取泸定桥，用最高的行军速度和坚决机动的手段，去完成这一光荣的任务。接令后红四团昼夜兼行240里山路，于29日晨，出其不意地出现在泸定桥西岸并与国民党守军交火。

当时百余米的泸定桥已被敌人拆去了约80余米的桥板，并以机枪、炮兵各一连于东桥头高地组成密集火力，严密地封锁着泸定桥桥面。中午，红四团在沙坝天主教堂内召开全团干部会议，进行战前动员，组织了由连长廖大珠、指导员王海云率领的23名夺桥突击队。下午四点，23名勇士冒着枪林弹雨，爬着光溜溜的铁索链，向东桥头猛扑。三名战士在王友才的率领下，紧跟在后，背着枪，一手抱木板，一手抓着铁链，边前进边铺桥板。当勇士们爬到桥中间时，敌人在东桥头放起大火、妄图以烈火阻击红军夺桥。勇士们面对这突如其来的烈焰，高喊："同志们，这是胜利的最后关头，鼓足勇气，冲过去！莫怕火，冲呀！敌人垮了，冲呀！"廖大珠一跃而起踏上桥板，扑向东桥头，勇士们紧跟着也冲了上来，抽出马刀，与敌人展开白刃战。此时政委杨成武率领队伍冲过东桥头，打退了敌人的反扑，占领了泸定城，迅速扑灭了桥头大火。整个战斗仅用了两个小时，便奇绝惊险地飞夺了泸定桥，粉碎了蒋介石南追北

堵、欲借助大渡河天险将红军变成第二个石达开的美
梦。

泸定桥因此而成为中国共产党长征时期的重要里程
碑，为实现具有重大历史意义的红一、二、四方面军会
合，最后北上陕北、结束长征，奠定了坚实的基础，在
中国革命史上写下了不朽的篇章。

◆ 朱德总司令在长征回忆中题词"万里长江，犹
忆泸关险"的诗句，充分说明了红军长征飞夺泸定桥的
艰险与壮烈。

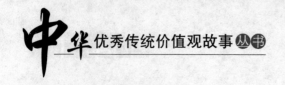

39. 八路军击毙日酋

八路军，即"国民革命军第八路军"，是中国人民解放军的前身之一。

在抗日战争中，我军击毙的日本侵略军，职务最高的要数阿部规秀。打死阿部规秀，极大鼓舞了中国人民抗日救国的决心和信心，也震动了日本朝野和军界人士。

1939年深秋，正是太行山区漫山红遍的季节。11月3日凌晨，坐镇张家口的日本"蒙疆驻屯军"司令官兼独立混成第二旅团旅团长阿部规秀中将，派迁村大佐率日军一个步兵大队、一个炮兵中队和伪军计1800余人，从我晋察冀根据地的北线，开始了第二次冬季大"扫荡"。阿部规秀把这次"扫荡"视为插入我晋察冀军区的一把尖刀，企图用这把尖刀割裂我平西、察南、雁北根据地，阻止我军向察南、雁北活动，巩固其伪"蒙疆国"沦陷区。然而，日军的这次倾巢"扫荡"跟南线

"扫荡"一样，落得个全军覆没，就连迁村大佐也没逃脱灭亡的厄运。

日本法西斯作战有个规律，每失败一次，必然出兵报复一次，失败得越惨，报复得越凶。而且常常是败兵刚刚归巢，大队人马立即扑来，妄图趁我不备时，打我个猝不及防。对于日军的这一手，我军早有提防。这次反"扫荡"的歼灭战枪声刚一停息，我军连夜打扫战场，清理战利品，护送民夫、牲口回家，转移我伤亡人员，并掩埋敌尸，押着俘虏，迅速撤离。

11月4日凌晨，果然来了情报：驻扎在张家口的日军，出动其精锐部队独立混成第二旅团的第二、第三、第四、第五4个大队近3000人马，分乘百辆军车，急驰涞源城。涞源城里的残敌彻夜不宁，又在到处抓夫。很显然，日军是实行报复性"扫荡"来的，试图寻找我军主力决战。

晋察冀军区决定再次寻机包围歼灭敌人。11月4日的"扫荡"，日军吃了大亏。次日，他们集中兵力，一路进剿，从龙虎村向白石口前进，首先与我游击支队接火。我游击支队忽而坚决堵击，忽而大踏步后撤，紧紧缠住猎物不放，使日军既求战不能，又追赶不及，又气又恼，到处实施"三光"。6日，日军两次扑空后，急不

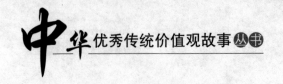

可耐，终于离开银坊一带，倾师东奔黄土岭。

敌人来了！消息传开，埋伏的各团士气大振。这一天，部队丝毫没惊动缓缓东进的日军。

晚间，日军搭起帐篷，解开行囊，在黄土岭、司各庄一带宿营。夜里，天气陡变，浓云蔽空，星月无光，太行山上的嗖嗖冷风，一阵紧似一阵地扑击着寂静、黑沉沉的黄土岭。7日，天上飘洒起雨丝，周围群峰都裹进了飘忽不定的烟雾中，给人一种神秘莫测的紧张感。早上，天色朦朦胧胧，日军继续东进。日军运动时十分警觉，总是由先头部队携轻重机枪数挺，先行占领路侧小高地，然后大队才跟着行进。到了晌午，日军先头部队已接近黄土岭东面的寨坨村，大队还逶迤在上庄子一线，绵绵数十里。直到下午3时，日军全部人马才离开黄土岭，陆续进入峡谷中的小路。

突然，一团、二十五团迎头杀出，二团、三团从西、南、北三面合击过来，把日军团团围住，压缩在上庄子附近一条长不到3里，宽仅40来丈的山沟里。我军的轻重武器，从各个山头一齐朝沟中扫射，加上炮兵连连续发射炮弹，顷刻间，这条山沟炮声隆隆，枪声阵阵，火光闪闪，硝烟滚滚，如山崩石裂。

日军依仗其兵力雄厚和火器优良，疯狂向我寨坨阵地猛冲，遭到反击后，即掉头向西，妄图从黄土岭突围，逃回涞源城。我三团部队牢牢扼守住西、南两面阵地。恰在这时，八路军一二零师特务团正好赶到，从三团的左侧加入战斗，使日军欲归无路，只能就地顽抗。

黄土岭东约两华里光景，有个名叫教场的小村庄，那里是日军指挥部。此刻，一群身穿将校黄呢大衣的日军军官，站在一座独立大院的平坝上，用望远镜朝各个山头瞭望。这情景被一团团长陈正湘用望远镜观察敌情时发现。他立即把目标指示给炮兵连连长杨九秤。杨连长果断指挥迫击炮手连发数弹，发发不偏不歪，正打在日军指挥官人群中，随着"哐、哐、哐"的几声巨响，日寇军官立刻倒下一片。

日军失去指挥，极度恐慌，便急匆匆抬着指挥官的尸体，朝黄土岭拼命突围，即遭遇我军三团、特务团迎头痛击。随之，他们转向寨坨突围，又被我军一团击退。顿时，日军反扑势头倾减，阵脚也乱了，不得不收缩兵力固守。战斗持续到8日拂晓，日军仅剩不到800人了，战场上空飞来五架日军飞机，盘旋侦察一阵之后，投下7个身挂降落伞的日军军官。这是来指挥黄土岭被我在围困的日军突围的。

果然，8时许，日军留下200来人在上庄子掩护，

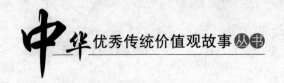

其余开始向司各庄方向猛扑，各种枪声炮声吼声惊马嘶鸣声，像海潮那样浪涌涛卷地轰响着。我军一团和二十五团，勇敢地插上去，展开与日军的肉搏战，切断了日军突围部队和日军掩护部队的联系。二团、三团、特务团和炮兵连开始全线攻击。

中午时节，日军驻保定的110桑木师团，驻大同的26师团，驻张家口的独立混成第二旅团余部纷纷出动，分多路向黄土岭合击，其先头部队已与我军游击支队接火。日军企图在我军包围圈外形成更大的包围圈，把参战部队一网打尽。

杨成武司令员把日军这一新动向报告给聂司令员兼政委。聂司令员当即指示："不要恋战，所有参战部队撤出战斗。"

11月9日下午，正在前线指挥战斗的杨成武司令员突然接到聂司令员打来的电话。聂司令员高兴地喊道："成武同志，好消息啊！延安拍来贺电，说你们打死了阿部规秀中将。阿部，可是日军的'名将之花'呀。我得好好地祝贺你们啊！"

杨成武司令员又惊又喜——没想到这位中将旅团长竟亲自率兵到黄土岭来送死。日军残兵突围时，抬的那个指挥官尸体，就是赫赫有名的阿部规秀。

　　阿部规秀是在日本军界享有盛誉的"名将之花"，被称为擅长运用新战术的"俊才"和"山地战专家"。阿部规秀担任北线进攻晋察冀边区的总指挥，迁村大佐被歼灭使他在刚刚晋衔之后如同重重挨了一记耳光，丢尽了脸面。所以他在第二天就亲率精锐之师出马"报复"了，也把自己永远钉在了历史的耻辱柱上。

　　阿部规秀被击毙，使日本朝野大为震惊，也预示了侵华日寇必将失败的命运。

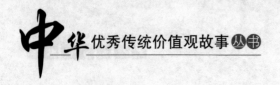

40. 杨子荣智擒 "座山雕"

杨子荣，山东牟平人。名宗贵。1946年加入中国共产党。同年在林口杏树村只身深入匪穴，说服400多名土匪全部投降，荣立特等功，成为战斗英雄。1947年初，率5人扮成土匪再次深入匪穴，活捉匪首 "座山雕"。1947年2月23日，在东北海林县北部梨树沟追剿顽匪郑三炮时，杨子荣壮烈牺牲。后被东北军区授予特级侦察英雄称号。有关战斗事迹被写在小说《林海雪原》及京剧《智取威虎山》中。

杨子荣原名杨宗贵，1916年生于山东省牟平县宁海镇。他从小顽皮，胆大出奇，6岁时，便敢爬上几丈高的大树掏鸟。少年丧父，受尽磨难。倔强的性格使他14岁便背上铺卷，只身一人闯关东。他是在树林里给人伐木，后又被日本人抓去当童工，一天到晚从阴暗潮湿的煤窑里往外背煤。两年不见天日的生活，激起了他强烈的反抗意识，在一个月黑风高之夜，他躲过了日本人的岗哨，逃了出来。

16岁那年，他加入一伙啸聚山林的胡子队伍中，开始干起了"替天行道"的行当。从那时起，便一直化名为杨子荣。由于他胆大心细，机智聪慧，很快练就了一手百步穿杨的好枪法和高超的骑术，一度成为胡子队伍中颇有名气的人物。

几年漂泊生涯，使杨宗贵意识到，仅靠自己杀几个汉奸鬼子是难以救整个中国的。于是，他回到了家乡，打算过平民生活，并且对自己在外几年生活经历只字未提。回家后不久，杨宗贵便按中国传统的"男大当婚女大当嫁"的习俗成了家，妻子徐万秀是一个勤劳淳朴的农村女子。

在一个明月当空的夜晚，身为丈夫的杨宗贵向年轻的妻子吐露了心迹："万秀，我想去参加八路军，跟共产党打天下。我在外闯荡了几年，看准了，只有共产党才能为咱穷人打天下，才能够拯救中国。"善良的妻子深明大义，默默点头。1945年秋，28岁的杨宗贵参军。几天后，他便改名为杨子荣。

在作战中，杨子荣异常勇敢，曾独身一人截击过敌军一个班；凭借艺高人胆大，只身入匪巢，降服过土匪。由于他过去在胡子队伍中当过兄弟，掌握了土匪中

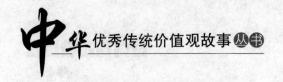

的"黑话"，被调到侦察排任排长。以后，他多次装成土匪，只身入虎穴。

1947年1月，被人称为"座山雕"的国民党东北先遣军第二纵队第二支队司令张乐山匪部遁入山林，不知去向。座山雕15岁当土匪，18岁当匪首，已有57年土匪生涯。他精明奸诈过人，诡计多端，枪法好，在匪群中被称为"三爷"。当时，担任我牡丹江军分区二支队二团侦察排长的杨子荣装扮成另一匪首吴三虎的副官，于1947年1月26日晚带领侦察员开始了追踪匪迹的战斗。杨子荣等6名解放军侦察员在林海雪原中转辗了数日，终于在蛤蟆塘一带的林子里寻找到了一个窝棚。经过一番"黑话"对答，与"座山雕"的联络副官孟继成联系上了。2月5日下午两点左右，孟继成等正式通知杨子荣他们第二天上山入伙。2月6日下午孟副官和匪连长来到指定地点，想把杨子荣他们带上山。趁招待两个土匪吃饭之机，杨子荣下了两土匪的枪，把他们绑了起来，并大骂他们不讲交情，把"三爷"送的食品从中吞了，存心饿死弟兄们。两个土匪分辩，杨子荣就顺水推舟说委屈他俩带路见"三爷"去说清楚。

天黑后，俩土匪带着解放军侦察员夜行十多里，来到了大砬子山座山雕住的大马架房外，侦察员们把土匪的嘴塞住后绑到树上。杨子荣让战友孙大德和魏成友跟着自己进屋去会"座山雕",孙立珍、赵宪功、耿宝林在外看着。杨子荣端着匣子枪摸到房前,一脚踹开门,孙大德、魏成友也紧跟着冲进来,3支乌黑的枪口对向了7个土匪。7人中有一个白头发、黑脸膛、鹰钩鼻、山羊胡子的瘦小老头引起了杨子荣的注意,凭多年的经验,直觉告诉他,此人就是"座山雕"。正思考中"座山雕"伸手去摸枪,杨子荣一个箭步冲上去踩住他的手,随后把墙上挂的枪摘下扔到地上,命令土匪穿上衣服,大声斥责"座山雕"折腾他们。"座山雕"听出是孟副官联络来的入伙的那股人,才松了口气。"座山雕"说,因为风声太紧,不得不考验一下。杨子荣说:"你考验,差点把我们给饿死!今天借你条道,去吉林投国军。""座山雕"再三挽留,杨子荣执意不肯,并强行要"座山雕"带人送一程。杨子荣借口怕路上"座山雕"他们跑了,自己没活路,把土匪都捆了,把枪栓卸了,空枪挂在土匪身上。

天蒙蒙亮时,走到林子稀疏的山边。"座山雕"说:"前面不远就是海林,住着共产党,我们不能再往前了。"杨子荣说:"天还不大亮,发现不了。"待走到山下,天已大亮。只见两辆拉木头的大车停在山口。"座

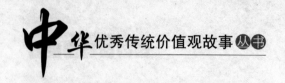

山雕"说："那是共产党的车。"杨子荣说："借他几匹马，走得更快。"土匪连长一听不妙，猛地挣脱杨子荣手里的绳子就跑，杨子荣一枪打中了他的左腿。

我军押车的战士听到枪声，迅速朝这边运动，并大声询问口令。战士们对上口令后迅速跑过来。"座山雕"听见他们对口令，大吃一惊，结结巴巴地问杨子荣："你们……"

杨子荣笑道："不瞒三爷，兄弟是共产党侦察员！"

41. 沈鼎法舍己救战友

　　沈鼎法是上海崇明早期的共产党员之一。他于1927年参加共产党，是年秋回崇明后，与其他共产党人一起组建了一个党支部。解放战争时期，为苏北解放区运送军火、营救被捕同志，并为迎接上海解放做了大量的工作。

　　沈鼎法于1906年5月出生于崇明县蟠龙村一户农民家庭，1931进入吴淞中国公学大学学习，结识了瞿犊等人，并建立了深厚的革命友谊，毕业后一起在上海接办了振德中学，招收平民子弟入学。1937年日寇侵占上海，沈鼎法与瞿犊等人毅然投笔从戎，奔赴启东、海门一带，开展抗日救亡工作。

　　1938年8月下旬，崇明县民众抗日自卫总队（简称"崇总"）成立，沈鼎法任"崇总"政训处主任。"崇总"在成立后的20多天时间里，曾三战三捷，打得日本侵略军狼狈不堪，龟缩在据点里不敢下乡"扫荡"。

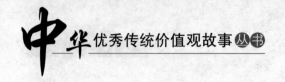

1940年8月，"崇总"奉命北撤，12月中旬，改编为苏四区游击指挥部第三旅六团，沈鼎法任团长，驻防掘港。下旬，六团和兄弟部队一起击退了国民党徐承德部的进攻，胜利保卫了掘港。

1943年至1946年间，沈鼎法奔走于苏北解放区和上海及浙江温州、丽水一带，并与汤景延团的商业机构秘密联系，互通情报，运送军械、药品等军需物资。是年10月，上级将沈鼎法的党组织关系转至上海，并创办"文化建业公司"，沈鼎法任经理，以制造印刷机为掩护，进行革命活动。新四军迫切需要枪械、药品、通信器材等军需物资。沈鼎法通过国际友人，利用英国海军的关系，购得大批"七九"子弹、黄色炸药、精密望远镜等，还通过关系，从浙江丽水兵工厂购得子弹30多万发及一部分枪械运往苏北解放区。

1947年3月，曾任崇明县办事处主任的倪瀛受江海贸易公司委托到上海采购军火，不慎被捕。沈鼎法接到营救任务后，立即设法摸清倪瀛被关押的地方，打通国民党中统内部人员的关节，并3次深入中统特务机关探望倪瀛，同年6月，将倪瀛营救出狱。

1948年，由于解放战争中我军的节节胜利，敌人加紧了"剿共"部署，上海一片白色恐怖。2月25日，国民党吴淞要塞司令部将沈鼎法逮捕，关入提篮桥监狱。沈鼎法在狱中受尽酷刑，但他坚贞不屈，否认自己是共产党员，后经党组织营救，用黄金将沈鼎法从虎口中营救了出来。沈鼎法出狱后，在上海地下党的领导下，继续从事革命工作。

1948年12月23日，龚定中在沪被中统特务机关逮捕，沈鼎法等同志积极营救，通过关系送了重礼，将龚定中保释，安全脱险。1949年2月，沈鼎法在地下党联络员陈波涛的领导下，与龚定中一起建立了以地下党员为主的核心工作小组。龚定中、沈鼎法分别任正副组长，下设政工队和人民自卫军。他们将上海相当一部分国民党政法系统、机关、工厂、仓库、银行等进步人士组织起来参加政工队，保护好黄金、物资、枪械、档案等。

1949年初，沈鼎法知道自己的寄儿子施南岳与毛森的汽车司机是"挚友"，便要施南岳策反汽车司机，有机会时将毛森劫持到中国人民解放军部队所在地。谁知施南岳在没有把握的情况下，直截了当向司机交代了扣留毛森的事，结果反被司机告密。施南岳被捕后，经不起拷打，供出了地下党联络站"文化建业公司"及地下党主要领导成员等。与中共地下党有关系的军统特务郑某知道后，13日晚即把消息告知一地下党员，部分得悉情况的地下党领导人迅即研究对策，转移人员，销毁文件。5月14日清晨，4个便衣特务闯进"文化建业公司"搜查。下午3时龚定中在马路上找到了沈鼎法，并说明了出事的经过。此时，沈鼎法想到永乐旅馆里还有几个地下党员，需要通知他们转移，心急如焚。晚上8时回到家里，他连忙告诉妻子去通知他们转移。沈鼎法踏进家门未几，特务破门而入，逮捕了他。在永乐旅馆的地下党员，由于沈鼎法的妻子已去通知，所以敌人前往搜捕时扑了空。敌人逮住沈鼎法后，继续在他家周围监视，妄图抓走更多的地下党员和革命志士，但最终一无所获。

1949年5月24日晚上，在呼啸的炮声中，中国人民解放军进入上海市区，军统特务们在逃命之前，将沈鼎法等9人杀害于国民党上海市警察总局。5月28日，《解放日报》刊登了沈鼎法治丧委员会讣告。29日，中国人民解放军第三野战军第二十三军军长陶勇前往了解鼎法被难经过，并向鼎法家属亲切慰问，下午在斜桥殡仪馆召开了沈鼎法追悼会。

新中国成立后，沈鼎法烈士的灵柩运回崇明，安葬于新河烈士纪念塔旁。